AF203639

Gerhard Loibelsberger

Wiener Zuckerl
Wiener Krimis und andere Geschichten

Gerhard Loibelsberger

Wiener Zuckerl

Wiener Krimis und andere Geschichten

Mit freundlicher Unterstützung durch

☰ **Bundesministerium**
Kunst, Kultur,
öffentlicher Dienst und Sport

Danke, dass Sie sich für unser Buch entschieden haben!

Sie wollen über unser Programm auf dem Laufenden bleiben sowie über Neuigkeiten und Gewinnspiele informiert werden? Folgen Sie uns auf den Sozialen Medien und abonnieren Sie unseren Newsletter unter ueberreuter.at/newsletter.

1. Auflage 2024
© Carl Ueberreuter Verlag, Wien 2024
ISBN 978-3-8000-9020-4 (print)
ISBN 978-3-8000-9920-7 (ebook)

Lektorat: Mag.a Karin Ballauff, textkabinett
Covergestaltung: Saskia Beck | s-stern.com
Coverbild: Lisa Wilfinger | Carl Ueberreuter Verlag
Klappen innen: Illustriertes Wiener Extrablatt, No. 294, S.1/Anno/ÖNB
Satz: Lisa Wilfinger | Carl Ueberreuter Verlag
Druck und Bindung: Brüder Glöckler, Wöllersdorf

www.ueberrreuter.at

Inhalt

Vorwort

Wiener Zuckerl? Was soll das?

Warum ich Ihnen, liebe Leserin, lieber Leser, Zuckerl anbiete?

Nun, der Name und die Verpackung des Buches sind Erinnerungen an meine Kindheit. Damals liebte ich die Wiener Zuckerl in all ihren vielfältigen Geschmacksrichtungen.

Vielfalt ist das Thema dieses Buches. Es bietet die unterschiedlichsten Erzählungen, die ich im Laufe der letzten zwanzig Jahre geschrieben habe. Einige wurden veröffentlicht, andere nicht. Und einige habe ich für dieses Buch neu geschrieben. Sie finden hier Kriminalgeschichten aus dem alten Wien mit Joseph Maria Nechyba, Kriminalgeschichten aus dem neuen Wien, Geschichten aus meiner Jugend und Geschichten aus Niederösterreich, der Steiermark, Kärnten, Salzburg und Venedig. Ja, auch mein alter Freund Lupino Severino, den Sie vielleicht aus „Quadriga" oder „Im Namen des Paten" kennen, spielt in zwei Geschichten die Hauptrolle.

Ich wünsche Ihnen viel Vergnügen beim Lesen und gebe Ihnen einen Tipp: Wiener Zuckerl lutscht man, ohne sie zu zerbeißen.

In diesem Sinne: Lesen Sie meine Geschichten langsam und mit Genuss.

Gerhard Loibelsberger

Geschichten aus dem alten Wien

Alle kursiv gesetzten Passagen sind Originalzitate aus den damaligen Zeitungen.

Historische Personen

Marie Drda (1898–1918)
Stubenmädchen, Mordopfer
Anna Fischer (?)
Gattin von Josef Fischer
Josef Fischer (1857–1918)
Vergolder-Lehrling, Maulkorbhersteller, Raubmörder
Heinrich Edler von Francesconi (1850–1876)
Raubmörder
Franz Juhl (1894–?)
Hilfsarbeiter, Deserteur, Totschläger
Josefine Juhl (1892–1918)
Standbesitzerin am Naschmarkt
Richard Juhl (1906–?)
Sohn von Josefine Juhl
Anton Lencig (?)
Goldschmied, Vergolder
Viktoria Moldaschl (1844–1874)
Dienstmagd, Mordopfer
Dr. Johann Schober (1874–1932)
Leiter und später Präsident der Wiener Polizei
Veronika Wessely (1838–1918)
Rentnerin, Mordopfer
Robert Wurm (?)
Ziehvater von Marie Drda

Die rote Rosie

„Des is a richtige Kanaille!", mahnte Joseph Maria Nechyba, als er die rote Rosie einem Sicherheitswachebeamten zum Abführen übergab.

„Bringen S' die Weibsperson aufs Kommissariat. Die Anklage lautet: illegale Prostitution. Ich schreib morgen einen Bericht. Passen S' gut auf die auf! Die ist mit allen Wassern gewaschen."

Der Uniformierte nickte, brummte »I waß eh« und führte die rote Rosie ab. Nechyba sah den beiden nach und bemerkte, wie sie sich an den Polizeibeamten ranschmiss. Er musste grinsen. Ja, die Rosie mit ihrer leuchtend roten Haarpracht, ihren üppigen Formen und einer Haut weiß wie Milch war ein bildhübsches, aber grundverdorbenes Geschöpf. Sie hatte ein Gesicht wie ein Pupperl, leider fehlten ihr im Mund ein paar Zähne. Und wenn man sie genau betrachtete, bemerkte man einen vulgären Zug um ihre Lippen. Ihre grünen Augen funkelten kalt wie Smaragde. Immer noch an Rosies wogenden Busen denkend, stapfte er heim.

*

Ein Jahr später.

Seit den Morgenstunden herrschte an diesem Oktobertag des Jahres 1902 strahlend schönes Wetter. Trotz der Kälte in der Früh war Joseph Maria Nechyba ohne Überzieher – nur in seinem schwarzen, dreiteiligen Anzug und mit Melone – aus dem Haus gegangen. Der Vormittag im k. k. Polizeiagenteninstitut war ruhig verlaufen, und so hatte er sich um halb ein Uhr mittags in die Restauration „Zum Rebhuhn" begeben. Danach war er ins Büro zurückgekehrt und hatte seinem Adjutanten, dem zniachtigen[1] Pospischil, noch einige Anordnungen für die

---

1   schmächtig

Bearbeitung diverser Akten gegeben. Anschließend ging er. Offiziell zu einem Termin außer Haus, in Wahrheit aber auf den Naschmarkt. Denn Joseph Maria Nechyba hatte einen Gusto. Am frühen Nachmittag waren am Naschmarkt schon einige Stände abgebaut, doch es gab noch genug Fratschlerinnen[2] und Bauern, die ausharrten und auf späte Kundschaft hofften. Am Markt sah Nechyba viele bekannte Gesichter; unter anderem auch den Planetenverkäufer Stanislaus Gotthelf, der an einem gemauerten Stand lehnte und einer Kundin einen Horoskopzettel verkaufte. Sie gab ihm eine 10-Heller-Münze, die er mit der rechten Hand einsteckte, während er mit der linken Hand seinen weißen Papagei von der Schulter hob. Mit der rechten Hand klappte er nun das Kästchen, das um seinen Hals hing, auf, hob es etwas an, und der auf der linken Hand sitzende Papagei spielte Fortuna und pickte einen Horoskopzettel aus dem Kästchen heraus. Mit roten Wangen nahm die Kundin den Zettel, faltete ihn auf, wurde noch röter, rief „Oh!" und eilte aufgeregt davon. Gotthelf klappte mit der Rechten das Kästchen zu und setzte mit der Linken den Papagei, der übrigens Toni hieß, vorsichtig auf die linke Schulter zurück. Nechyba hörte die Freihaus-Mizzi, eine Fratschlerin, die für ihre Goschn[3] und ihre grobe Art bekannt war, mit einer Kundin streiten, und er sah die rote Rosie, die beim Knödelmann ihre prall gefüllte Geldbörse hervorzog, einen dampfend heißen Semmelknödel kaufte und diesen gierig verschlang. Er sah die Hausmeisterin Oprschalek mit einer Kollegin aus dem Freihaus tratschen, und es rannte ihm sein Fleischhauer über den Weg.

„Grüssie, Herr Mostbichler!", dröhnte Nechyba, „Hörn S', können S' mir bitte heut Abend Ihren Lehrbuam mit einem halben Kilo Bauchfleisch vorbeischicken?"

Mostbichler, der es eilig hatte, rief zurück:

2   Marktstandlerin
3   Mundwerk

„Selbstverständlich, Herr Inspector! Um halb sechs, wenn's recht ist? Zahlen können S' dann das nächste Mal, wenn S' bei mir im G'schäft sind. Habe die Ehre!"

Und schon war er im Gewurl[4] der Menschen verschwunden. Bei einer Bäuerin erstand Nechyba pikant riechendes Sauerkraut, das diese aus einem riesigen Holzbottich auf ein Blatt Papier schaufelte. Danach machte sie ein Packerl und hüllte es in mehrere Schichten Zeitungspapier. Nechyba freute sich. Heute Abend würde er ein deftiges Szegediner Krautfleisch machen. Mit ordentlich viel Zwiebel, Paprika und Bauchfleisch. Das Wasser lief ihm im Mund zusammen. Entspannt schlenderte er über den sonnigen Markt, auf dem es nach Schweiß, allerlei Obst und Gemüse, Gewürzen, und gelegentlich auch nach Verfaultem und Verdorbenem roch.

„Geh Scheissssss'n!"

Ein schriller Schrei aus einer krächzenden Kehle. Nechyba war mit einem Schlag aus seinen Tagträumen gerissen. Wie ein Schlachtross pflügte er durch die Menge, rücksichtslos seine Körpergröße und sein Gewicht einsetzend. Dann sah er den Bahöö[5]: Der wilde Turl, Freund und Beschützer der roten Rosie, prügelte auf den Planetenverkäufer ein, der ihm den Buckel zudrehte, um sich so gut wie möglich vor den Schlägen zu schützen. Über den beiden flatterte der Toni. Er kreischte wie verrückt und gab einen Schwall Schimpfwörter von sich. Nechyba riss den wilden Turl an der Schulter zurück und schlug ihm mit der Linken, in der er das Sauerkrautpackerl hielt, ins Gesicht. Der Schlag war so heftig, dass es den wilden Turl auf den Hosenboden setzte und das Sauerkrautpackerl zerplatzte. Ein Umstand, der dem Turl gar nicht schmeckte. Der Sauerkraut-Gatsch bedeckte sein Gesicht, der Saft brannte ihm in den Augen und er bekam kaum Luft. Er hustete und spuckte.

---

4 Gedränge
5 Wirbel

„Lassen S' den Turl in Ruah! Sie bamstiger Kiberer, Sie! Der Gotthelf hat mei Geldbörsl g'fladert[6] …"

„Rosie, kusch!", knurrte Nechyba. Dann nahm er den Turl beim Krawattl und drängte ihn an die Wand eines Standes.

„Bist wahnsinnig g'worden, Turl? Willst das Arbeitshaus wieder von innen sehen?"

Der Strizzi[7] stotterte:

„Aber Herr Inspector, der Gotthelf hat mei Madl bestohlen …"

„So, so …", brummte Nechyba.

„Also Rosie, wie war des?"

„Ich hab mir einen Horoskopzettel beim Gotthelf kauft. Und dann hab i, wie verabredet, den Turl troffen, weil i dem a bisserl an Schotter geben wollt. Und wie i mei Geldtaschl g'sucht hab, war's nimma da. Zuerst hab i mi g'wundert, aber dann is mir a Licht aufgegangen und i hab dem Turl g'sagt, dass mir der Gotthelf mein Börsl g'stessn[8] hat. Wahrscheinlich war's der Papagei. Der hat zuerst das Zetterl rausgepickt und dann hat sich das Rabenviech mit seinem Schnabel mei Geldbörsl g'schnappt."

„Was redest für einen Stuss[9]? Der Papagei kann mit'm Schnabel nicht ein prall gefülltes Geldbörsl fladern. Das ist viel zu schwer. Das packt er net."

Nun befahl er dem Gotthelf, alle Taschen auszuleeren. Es kamen etliche Münzen, ein Tabaksbeutel, Schwefelhölzer sowie ein schmutziges Taschentuch zum Vorschein. Aber nicht Rosies Geldbörse. Das erstaunte Nechyba nicht. Der schöne Stani, wie ihn Personen weiblichen Geschlechts hier am Naschmarkt zu nennen pflegten, war kein Dieb und auch kein Räuber. Er raubte jungen Mädeln höchsten ihre Unschuld. Aber die würde ihnen früher oder später sowieso abhandenkommen. Er sah die rote Rosie forschend an. Sie erwiderte mit

---

6   gestohlen
7   Zuhälter
8   ebenfalls: gestohlen
9   Unsinn

frechen, funkelnden Augen seinen Blick. Die Menge, die sich rundum angesammelt hatte, wartete gespannt darauf, was nun passieren würde. Nechyba sah sich um und rief zwei Fratschlerinnen sowie die Freihaus-Mizzi zu sich. Mit grobem Griff nahm er die Rosie beim Genick und führte sie hinter die Kisten und Planen eines Marktstandes. Er schubste sie in ein dunkles Eck und sagte zu den Marktweibern:

„Ihr zwei passt auf, dass die Rosie net abpascht[10]. Eine vorn und eine hinten. Und du Mizzi, du perlustrierst die Rosie."

„Berlus… was …? Herr Inspector, ist des eh nix Unanständiges?"

„Du filzt sie! Du schaust, wo's das Geldtaschl versteckt hat. Und schau auch unterm Kittel nach! Ob sie's vielleicht ins Strumpfband g'steckt hat."

Neugierig wie sie waren, folgten die drei umgehend seinen Anweisungen und stürzten sich auf die lauthals zeternde Rosie.

„Lassts mich in Ruh, ihr schiachn[11] Krampn[12]! Greifts mi net an! Gebts eure dreckigen Klebeln[13] weg. Es verbrunzte Schastrommeln[14], es Hundstuttln[15]!"

Aber weder Rosies Schimpftirade noch ihre Gegenwehr fruchteten etwas. Schließlich wollten die Marktweiber wissen, ob der Herr Inspector recht hatte. Nechyba stand wie eine Marmorstatue vor dem Marktstand und wartete. Aber nicht lange, denn plötzlich war ein wütender Aufschrei zu hören. Und dann kam die Freihof-Mizzi aus dem dunklen Eck hinterm Marktstand hervor, die prall gefüllte Geldbörse mit triumphierenden Gesten über ihrem Haupt schwenkend. Die Gaffer applaudierten, und die Freihaus-Mizzi verkündete:

---

10   weglaufen
11   hässlich
12   abwertend für: Frauen
13   Finger
14   von Darmwinden geplagte Frauen
15   Hundebrüste

„Versteckt hat sie's g'habt. Zwischen ihren Tuttln. Weils dem Turl nix abgeben wollt …"

Die Bier-Fini

Die Erzählung basiert auf dem Fall eines Totschlags im Juli des Jahres 1918.

Voll Zorn betrat Joseph Maria Nechyba das Marktamt am Naschmarkt. Wie ein Panzerkreuzer schob er sich durch das Menschenmeer vor zu dem breiten Tisch, hinter dem die Marktamtbeamten Auskünfte erteilten und Beschwerden entgegennahmen. In Zeiten des allgemeinen Lebensmittelmangels überwogen letztere. Der Oberinspector steuerte auf einen sanguinisch aussehenden Marktamtmitarbeiter zu und brummte, als er vor ihm stand: „Stankowitz …"

Der wurde beim Anblick des Oberinspectors blass, fertigte die Frau, die gerade eine Beschwerde bei ihm vorbrachte, mit einigen unfreundlichen Worten ab und wandte sich Nechyba zu:

„Was gibt's? Was hab ich verbrochen?"

„Reden S' net so deppert daher, Stankowitz. Was Sie verbrochen haben, interessiert mich nicht. Was Sie nicht g'macht haben, das interessiert mich."

„Und das wäre?"

„Sie haben Ihre Aufsichtspflicht aufs Sträflichste vernachlässigt. Die Fratschlerinnen und die Schieber am Markt machen, was sie wollen. Die tanzen euch Marktamtlern auf der Nasn umadum."

Stankowitz machte eine müde Handbewegung.

„Ich bitt Sie! Sehen S' net, was da los ist? Da gehts zu wie in einem Irrenhaus."

Nechyba knallte einen fetten grünen Buschen, aus dem vier gelbe Rüben herauslugten, auf den Tisch und fauchte: „Da! Da schaun S'! Das hat mir eine Fratschlerin gerade als ein Kilo Rüben verkauft. Haben S' a Messer und a Waage da?"

Stankowitz gab Nechyba ein Zeichen, ihm in die hinteren Räume des Marktamtes zu folgen. Dort stand eine Waage, auf die der Oberinspektor das Büschel warf.

„Da schaun S'! Das is net einmal ein Kilo. Da fehlen sechs Deka. Und jetzt geben S' mir ein Messer! Jetzt schneid ma das Grünzeug ab."

Stankowitz schnitt den Blätterbuschen ab und legte die vier Rüben noch einmal auf die Waage. Sie wogen 42 Deka.

„Und das haben S' als einen Kilo Rüben gekauft?"

„Sie sagen es."

„Bei wem?"

„Bei einer Fratschlerin, die ich von früher net kenn …"

„Stand 452 bis 454?"

„A junge, fesche Person."

„Das is die Bier-Fini. Kommen S', statt ma ihr einen Besuch ab."

*

„Fini, was machst denn für Sachen?", grantelte Stankowitz die Fratschlerin an. Er schnappte sich einige Büschel gelbe Rüben, zückte sein Taschenmesser und begann das Grün abzuschneiden.

„Bist narrisch Theo? Was tuast denn da?"

„Ich schneid das Grün von deinen Rüben ab. Dann wirst sie neu wiegen und ohne dem Viehfutter drauf verkaufen."

„Aber da verdien i ja nix mehr!"

„Du verkaufst die Rüben sowieso zum amtlich zugelassen Höchstpreis." „Wennst net sofort aufhörst, meine Ware zu beschädigen, ruf i die He[16]." Nechyba, der mit stoischer Ruhe der Auseinandersetzung zugeschaut und zugehört hatte, räusperte sich und zückte seine k. k. Polizeiagenten Kokarde.

„Die is eh schon da."

„Na hallo! Was san Sie für einer?"

„Der Hallo is schon g'storben. Der liegt neben dem Heast am

---

16   Polizei

Zentralfriedhof. Und um Ihre Frage zu beantworten: Ich bin der, der große Lust hat, Sie wegen Preistreiberei und gewerbsmäßigen Betrugs anzuzeigen."

Die Gesichtszüge der Bier-Fini, der Josefine Buhl, die gerade noch wutverzerrt waren, wurden weich. Mit einem picksüßen Lächeln näherte sie sich Nechyba und schnurrte:

„Aber das würden Sie doch nie tun, Herr Inspector …"

„Oberinspector …"

„Oh, là, là! Oberinspector …", raunte die Fini und drückte ihren Busen an Nechybas Bauch. Der machte einen Schritt zurück und brummte:

„Bleiben S' mir vom Leib."

„Bitte um Entschuldigung, Herr Oberinspector. Ich wollt' ja nur lieb sein."

„Lieb können S' zu Ihrem Gatten sein."

Finis Miene verdüsterte sich und sie begann zu jammern:

„Mein Gatte? Mein Gatte … der is in Kriegsgefangenschaft … in russischer … und i steh allanich mit dem G'schrappn da …"

Dabei machte sie mit dem Kopf einen Schlenker hin zu einem etwa zwölfjährigen Buben, der blass in einer Ecke stand und regungslos die Szene beobachtete.

„Scheißkrieg!", erklang eine Frauenstimme aus der Menschenmenge, die sich mittlerweile um den Marktstand gebildet hatte. Und eine andere keifte: „Geh! Die Fini braucht gar net auf oam tuan. Die hat eh einen G'schamsterer, der ihr das Bett wärmt."

Just in diesem Moment beobachtete Nechyba einen Schatten, der sich hinten im Marktstand befand und nun eiligst das Weite suchte.

*

Am nächsten Tag nach Dienstschluss machte der Oberinspector, so wie fast an jedem Abend, einen Spaziergang über den Naschmarkt. Langsam schob er sich durch die Menschenmassen, die so wie er auf der Suche nach leistbarem Gemüse oder Obst waren. Dazwischen wurden immer wieder Kisten von Pferdefuhrwerken abgeladen. Die Kutscher fluchten, die hungrigen Menschen drängten und die Pferde ließen dicke Pferdeäpfel auf das Pflaster fallen. Faktum war, dass es nie genug Ware gab und es deshalb immer wieder zu hässlichen, tumultartigen Szenen kam, bei denen die uniformierte Polizei und die Ordnungskräfte des Marktamts einschreiten mussten. Als Nechyba am Stand der Bier-Fini vorbeiging, bekam er Lust auf ein kühles Bier. Also steuerte er auf die Fratschlerin zu. Sie sah ihn und setzte augenblicklich ihr picksüßes Lächeln auf.

„Ah, der Herr Oberinspector! Was darf's denn sein?"

Leicht vorgebeugt flüsterte sie ihm zu:

„I hätt heut frische Marillen für Sie …"

Nechyba bekam einen Riesenappetit auf Marillenknödel. Also nickte er und folgte der Fratschlerin in den Stand hinein.

„Die Marillen biet i net draußen bei den anderen Sachen an. Die hab i da herinnen. Nur für spezielle Kundschaft. Wie viel darf's denn sein?"

„Naja … so zwei Kilo …"

Die Standlerin nahm ein großes Stanitzel und füllte es mit Marillen. Nechyba zahlte einen geschmalzenen Preis und fragte, da er noch immer Durst hatte:

„Sie ham doch den Spitznamen Bier-Fini, net wahr? I hätt so a Lust auf a Bier …"

„Na dann gehen S' da gleich zum Nachbarstand durch. Dort ist mei Bua, und der gibt Ihnen ausm Eisschrank a Bier."

Nechyba begab sich Josefine Juhls Anweisungen folgend in den Nachbarstand, ließ sich von Finis Sohn eine Flasche Bier aus dem Eisschrank geben und öffnete sie mit einem „Plopp".

Plötzlich sah er ihn wieder – den Schatten, der sich eiligst päulisierte[17].

---

17   weglaufen

*

„Theo? Warum sekkierst du mich?"

„Ich sekkier dich net. Ich möcht nur, dass du dich an die behördlich festgelegten Höchstpreise hältst."

„Geh Theo! An die halt sich doch keiner."

„Red keinen Stuss. Alle halten sich dran."

„Aber nur bei der Ware, die's öffentlich vorm Standl anbieten. Nicht bei den Sachen, die sie hinten im Standl lagern und unter der Hand verschachern. Glaubst, dass wenn i frische Marillen krieg – eh nur ein paar Kilo – dass i die vorn zu den von euch Marktamtlern festgelegten Preisen verkauf? I bin do net deppert! Die verkauf' i an ausgewählte Kundschaft im Hinterstüberl. Zu Preisen, die i festleg."

„Hör auf! Das will i gar net wissen. I red jetzt nur von den gelben Rüben, wo du das ganze Blattlwerk mitgewogen und zum von uns festgesetzten Preis für Rüben mitverkauft hast. Das ist Betrug. Das geht so nicht."

Josefine Juhl ging um Stankowitz' Schreibtisch herum, setzte sich auf die Schreibtischkante und lehnte sich zu dem auf einem Sessel sitzenden Beamten hinunter. Da es Juli und ganz schön heiß war, trug sie ihre Bluse weit aufgeknöpft. Sich zu Stankowitz vorbeugend gurrte sie: „Was geht so nicht?"

*

Als die Bier-Fini eine Viertelstunde später das Marktamt durch die Hintertür verließ, richtete sie mit einigen Handgriffen ihr zerrauftes Haar und ihre Bluse. Danach hob sie den Rock und zog sich ungeniert Strümpfe und Strumpfbänder, die arg verrutscht waren, hinauf. Dies geschah zum Gaudium einiger Rotzbuben, die sie beobachteten und anerkennend zu pfeifen begannen. Auch ein Kerl, der im Schatten des Marktamtes lehnte, sah ihr mit undurchdringlicher Miene zu.

*

„Beidl[18] … g'schissener", zischte es in sein Ohr. Der scharfe Stahl einer Messerklinge berührte Stankowitz' Haut. Der Kerl hinter seinem Rücken setzte ihm das Messer brutal an den Hals und drängte ihn gegen die kühlen Kacheln der Wand.

„I stech di ab, du Sau."

Der Atem des Kerls roch übel. „Bitte bitte … Nehmen S' mein Portemonnaie, aber tun S' ma nix."

„Des nehm i ma sowieso."

Mit Gewalt drückte er Stankowitz' Gesicht zu Boden, der nach Urin und Putzmittel stank. Warm sickerte Blut den Hals hinunter. Vermengt mit Angstschweiß. Stankowitz begann zu wimmern und zu würgen.

„Ja! Speib di an … kumm … speib di an, du Oaschwarzn."

„Bitte … bitte …"

„Nix bitte. Nix danke. Abdanken wirst."

„Wa… wa… warum?"

„Weilst die Fini budert[19] hast … du Beidl … du …"

*

„Wenigstens gibts noch a Bier …", brummte Nechyba, als ihm von Pospischil, seinem persönlichen Adjutanten, das vormittägliche Krügel serviert wurde. Das war aber auch schon der einzige Lichtblick an diesem Tag. Gabelfrühstück gabs nicht, da Nechybas Greißlerin nichts hatte, was ihn hätte erfreuen können. Nein, heute hatte er partout keine Lust auf staubtrockenes Kriegsbrot gehabt. Eine Zumutung war dieses sogenannte Brot. Es bestand aus wenig Getreide- und viel Maismehl sowie aus gemahlenen Bohnen und diversen Gräsern. Wenn es wenigstens Butter gegeben hätte! Damit wäre das Kriegsbrot

---

18   männliches Genital
19   Geschlechtsverkehr haben

einigermaßen genießbar gewesen. Aber statt Butter gabs nur die Kriegsmargarine, und die war noch grauslicher als das, was zurzeit Brot genannt wurde.

„Aber a Bier gibts wenigstens noch …"

Mit diesem Seufzer wanderten seine Gedanken zur Bier-Fini. Das war schon ein verdammt fesches Weib. Wenn er jünger und nicht verheiratet wäre, na da würde schon was gehen … Er nahm einen Schluck Bier und sinnierte weiter. Sie war eine der jungen Fratschlerinnen, die vor zwei Jahren einen der neuen, gemauerten Stände ergattert hatte. Und nicht nur einen, sondern gleich drei nebeneinander. Dazu auch noch die Konzession, in einem der Stände mit Flaschenbier Handel zu treiben. Wahrscheinlich hatte sie sich ganz eng an einen oder mehrere Marktamtler angeschmiegt, so wie vorgestern an ihn. Nechyba fiel ein, dass sie den Stankowitz geduzt hatte. Theo hat's zu ihm gesagt. Damit war alles klar. Als er so seinen Gedanken nachhing, klopfte es an die Tür seines Dienstzimmers.

„Wer stört?"

Die Tür wurde einen Spalt breit geöffnet, und ein Dienstmann lugte zaghaft herein.

„Tschuldigung Euer Gnaden, ich hab a Nachricht für einen Oberinspector Nechyba …"

„Dann treten S' ein."

„Sind Sie der Oberinspector Nechyba?"

„Na, i bin der Graf Bumsti."

„A… a… aber …"

„Kommen S', geben S' das Brieferl her. I bin der Nechyba. Wer denn sonst?" „Dankschön Euer Gnaden, Habedieehre!"

*

Nechyba war irritiert. Wer ließ ihm mittels eines Dienstmannes einen Brief zukommen? Langsam drehte er das Kuvert um und war erst recht irritiert. Als Absender stand da: Theobald

Stankowitz, Lebensmittelinspector. Seufzend riss er das Kuvert auf, und was er las, verbesserte nicht unbedingt seine vormittägliche Laune. Er starrte einige Zeit in die Luft. Dann überflog er nochmals das Schreiben.

Sehr geehrter Herr Oberinspector,
    ich bitte Sie Hände ringend um Hilfe. Wäre gestern fast ermordet worden. Könnten Sie mir den Gefallen erweisen und dringend bei mir im Marktamt vorbeischauen? Ihr verzweifelter
    Theobald Stankowitz

*

Nechybas Magen knurrte wie ein wildes Tier. Von Hunger gepeinigt, aber auch von Neugier getrieben hatte er beschlossen, am Naschmarkt im Wirtshaus „Zur Eisernen Zeit" sein Mittagsmahl einzunehmen. Er bestellte ein Krügel Bier und bat um die Speisekarte. Als er sie las, staunte er: Hier waren ein Schweinsgulasch, gekochtes Rindfleisch mit Spinat, gefüllte Paprika, Schweinsbraten mit Kraut und Knödel sowie Fleischlaberln mit Erdäpfelpüree angeführt. Nechyba lief das Wasser im Mund zusammen, und als der Ober das Bier servierte, bestellte er voll Vorfreude faschierte Laberln.
„Hamma net …"
„Na gut, dann nehm ich den Schweinsbraten."
„Hamma a net."
  Nechyba schüttelte unwillige den Kopf und brummte:
„Gibts das Schweinsgulasch?"
„Is aus."
„Ja was gibts denn überhaupt?"
„Gefüllte Paprika."
„Womit sind die gefüllt?"
„Mit Rollgerstl und getrockneten Schwammerln."
„Nicht mit Faschiertem?"

„Faschiertes hamma net. Hab i ja schon g'sagt."

„Was gibts sonst noch?"

„Einen Spinatschmarrn."

„Einen was?"

„Das is wie a salziger Kaiserschmarrn. Nur mit wenig Eiern, viel Mehl und viel Spinat."

„Das klingt ja furchtbar. Bringen S' mir halt in Gottes Namen die gefüllten Paprika!"

*

Das ist Kriegsküche, dachte Nechyba voll Ingrimm. Ohne Fleisch, ohne Fett, nur mit Gemüse. Aber immerhin hörte nach dem Verzehr der gefüllten Paprika das Knurren seines Magens auf. Der Oberinspector lehnte sich einigermaßen gesättigt zurück und schloss die Augen. Mit Wehmut dachte er an die wundervollen gefüllten Paprika, die seine Frau Aurelia vor dem Krieg zubereitet hatte. Die Fülle war eine köstliche Mischung aus Faschiertem, ein wenig Reis und allerlei Gewürzen gewesen. Mein Gott, hatte das köstlich geschmeckt!

„Wünschen der Herr noch was?"

Nechyba schrak aus seinen Erinnerungen auf, verneinte, zahlte und ging. Er betrat das Marktamt durch den Vordereingang so wie vor einigen Tagen. Auch heute war der Raum gesteckt voll. Neuerlich schob er sich energisch durch die Menschen hindurch, bis er vor Stankowitz stand. Der war heute leichenblass. Eine leuchtend rote Schnittwunde zog sich quer über seinen Hals.

„Herr Oberinspector, ich begrüße Sie! Danke für Ihr rasches Erscheinen. Ein Augenblickerl noch. Wir gehen gleich in mein Zimmer."

*

„Wo ist Ihnen das passiert?"

„Am Pissoir. Hier am Markt, in der öffentlichen Toilette. Wenn nicht zufällig ein Kollege von mir reingekommen wär, wär i jetzt hin."

„Und? Haben S' eine Idee, wer das gewesen sein könnte?"

Stankowitz zögerte.

„Nein … andererseits ja … vielleicht … Der hat mich von hinten ang'fallen … ich hab ihn gar net richtig g'sehn …"

„Also, wer, glauben S', war's?"

„Na ja …"

„Ein Wucherer? Ein Schieber? Ein Schwarzmarkthändler?"

„Nein, nein! Auf gar keinen Fall! Mit der Ausübung meiner Inspektorentätigkeit hat das nix zu tun."

„Sondern?"

„Na ja, das war mehr was Privates."

„Inwiefern?"

„Das ist mir jetzt peinlich …"

„Was ist Ihnen peinlich? Dass Sie fast umgebracht worden wären?"

„Nein … der Grund für den Überfall ist ein delikater."

„Und der wäre?"

„I hab was mit einer Fratschlerin …"

„Und der ihr Gschamsterer hat Sie überfallen?"

„Ja, so ähnlich."

„Darf ich raten, wer die Glückliche ist?"

„Bitte …"

„Die Bier-Fini."

„Wie sind S' denn da drauf gekommen?"

„Hean S'! Wie Sie das Grün von den Rüben abg'schnitten haben, hat sie Sie auf eine plump vertrauliche Weise Theo genannt. Glauben S' das is ma net aufg'fallen? Außerdem ist die Bier-Fini ein … wie soll ich sagen … sehr offenherziges, um nicht zu sagen, anlassiges Weibsbild. Die hat sich ja auch an mich rang'schmissen."

Stankowitz saß wie ein Häuflein Elend dem Oberinspector gegenüber.

„Also Stankowitz, wenn ich Ihnen helfen soll, dann erzählen S' mir jetzt alles, und zwar von Anfang an …"

„Ang'fangen hat das vor zwei Jahren im Oktober. Als die neuen Marktstandln fertig waren und es darum ging, wer von den bisherigen Fratschlerinnen und Standlern ein neues Standl bekommt. Da ist sie eines Tages vor mir g'standen. Ein strahlend schönes Weib. Ganz anders als die grauslichen Weiber, Trampeln und Marktschlampen, mit denen ich sonst Tag für Tag zu tun hab. Sie lächelte mich an und sagte, dass sie gerne mindestens zwei von den neuen Ständen hätte. Ich war sprachlos. Auch deswegen, weil ich wusste, dass unser Marktamtsleiter das nie und nimmer bewilligen würde. Ich machte ihr klar, das sei auf gar keinen Fall möglich, doch dann … na ja …"

Stankowitz seufzte und Nechyba brummte:

„Dann ist sie anlassig worden, und Sie sind ihr an die Wäsche gegangen."

„Sie kennen die Fini net. Die tragt ka Unterwäsche … wurscht. Jedenfalls war ich im siebten Himmel und hab ihr beim Ausfüllen der Anträge geholfen. Auch weil ich mir gedacht hab: Das genehmigt mein Vorgesetzter sowieso net. Aber da hab ich mich getäuscht. Am nächsten Tag ist unser Amtsleiter in meinem Zimmer gestanden, hat mir die Papiere in die Hand gedrückt und g'sagt, dass die Anträge der Frau Josefine Juhl genehmigt seien und sie die Stände 452 bis 454 bekomme. Außerdem sei genehmigt worden, dass sie nicht nur Gemüse und Obst, sondern auch Flaschenbier verkaufen dürfe."

„Na, da haben S' aber schön g'schaut …"

„Zuerst sind mir fast die Tränen gekommen. Ich war verletzt und stinksauer auf die Fini. Aber net lang. Weil der Fini kann man net bös sein …"

„Eh kloa. Bei einer, die ka Unterwäsch tragt …"

„Sind S' bitte net zynisch, Herr Oberinspector. Sie können sich das gar net vorstellen, wie das war. Wenn ich zur Fini ihren Standeln kommen bin, hat sie mich immer angestrahlt, sich an mich geschmiegt, und dann samma oft miteinander in eine dunkle Ecke verschwunden. Es war wie in einem Traum. Jedes Mal …"

Stankowitz lächelte traurig, und Nechyba verspürte so etwas wie Mitgefühl.

„Das ist eineinhalb Jahre so gegangen, bis der Franz aufgetaucht ist."

„Wer?"

„Der Franz. Der Bruder ihres Mannes. Der hat den Reizen seiner Schwägerin natürlich auch net widerstehen können. Das war für mich soweit eh verständlich. Aber da der Franz rasend eifersüchtig war, war's ab dem Zeitpunkt mit mir und der Fini vorbei. Bis gestern. Da hab ich ihr eine Verwaltungsstrafe zustellen lassen. Wegen der gelben Rüben, Sie wissen schon."

„Deswegen hat Sie der Franz Juhl am Pissoir überfallen und fast umgebracht?"

„Nein, net deswegen. Sondern weil ich der Fini die Strafe erlassen hab …"

„Was? Sie haben wieder mit ihr …?"

„Ja. Was hätt i denn tun sollen? Sie ist zu mir in mein Büro gekommen, hat sich auf meinen Schreibtisch gesetzt und sich dann mit halboffener Bluse zu mir vorgebeugt. So hat halt eins das andere ergeben …"

„Und wie hat der Franz Juhl davon erfahren?"

„Der klebt immer an der Fini dran. Wie ein Schatten. Seit er desertiert ist, streicht er am Markt herum. Außerdem ist er in Finis Wohnung untergeschlüpft."

„Was? Der Kerl is a Deserteur?"

Stankowitz nickte.

„Na dann werd ich dafür sorgen, dass sich die Militärpolizei seiner annimmt. Ich schau jetzt zur Bier-Fini ihren Standln. Dort müsst ich ihn ja finden."

*

Beim Verlassen des Marktamtes traf Nechyba fast der Schlag. Brütende Hitze lag über dem Markt, und nach wie vor drängten sich unzählige Menschen an ihm vorbei. Alle bewegten sich langsam und träge. An einem der gemauerten Stände erblickte er ein im Schatten hängendes Thermometer. Die Quecksilbersäule zeigte 26 Grad Celsius. Im Schatten! Nechyba holte ein Taschentuch heraus und wischte sich den Schweiß von Gesicht und Nacken. Seine Vorfreude auf ein kühles Bier, das er gleich bei der Fini erstehen würde, war enorm. Wie immer wurde er von der feschen Fratschlerin aufs Freundlichste begrüßt:

„Habe die Ehre, Herr Oberinspector! Na worauf hätt'ma denn Lust?"

Dies formulierte sie so anzüglich, dass Nechyba nicht anders konnte, als auf ihre geöffnete Bluse und die darunter wogende Pracht zu starren.

Er schüttelte den Kopf und brummte:

„Na worauf werd i schon Lust haben? Auf ein kaltes Bier natürlich!"

„Kommen S' mit!"

Nechyba folgte ihr zum Eiskasten, der sich weiter hinten im Stand befand. Plötzlich hatte er die Vision, wie sie es mit dem Stankowitz hier hinten getrieben hatte. Da die Fratschlerin gerade den Eisschrank öffnete, sorgte eine kühle Brise dafür, dass er wieder einen klaren Kopf bekam. Nechyba nahm die Flasche, öffnete sie ploppend und setzte an. Wohltemperiertes Bier rann seine Kehle hinunter. Wunderbar.

„Sie können sich ruhig da vorn auf das Schammerl[20] setzen. Bei mir brauchen S' das Bier net im Stehen drinken."

Das gewinnende Lächeln der Fratschlerin, die drückende Hitze sowie eine gewisse Müdigkeit ließen Nechyba das An-

---

20   Hocker

gebot annehmen. Schluck für Schluck genoss er das Bier. Eine bleierne Müdigkeit überkam ihn. Er begann gerade von Finis wogendem Busen zu träumen, als aus den hinteren Räumlichkeiten eine männliche Stimme dröhnte:

„Fini, i nehm mir a Flaschn Bier …"

„Das wirst du net tun. Du hast keinen luckerten Heller[21], und i muss jedes Bier, das du saufst, selber brennen[22]."

Nechyba hörte das Klirren der Bierflaschen, als die Tür des Eiskastens geöffnet wurde.

„Franz! Gib das Bier zurück!"

„Lass mi in Ruh, Fini …"

„Wennst das Bier net sofort z'ruck gibst, ruf ich die Militärpolizei …"

Mit einem Schlag war Nechyba wach. Schwerfällig stand er auf und sah, vom Schlaf noch benommen, wie die Fini zum nächstgelegenen Telephonapparat eilen wollte. Ihr stellte sich ein Kerl mit einem Messer in den Weg und stach auf sie ein. Nechyba stürzte sich auf ihn und schlug mit der Faust zu. Franz Juhl wankte, ließ das Messer fallen und rannte davon. Der Oberinspector kniete neben der Fratschlerin nieder und richtete vorsichtig ihren Oberkörper auf. Er sah zwei Einstiche in der Herzgegend. Leichenblass sah ihm Finis Sohn dabei zu. Plötzlich verzerrte sich sein Gesicht, und er schrie voll Panik:

Die Mami ist gestochen! Die Mami ist gestochen!

Josefine Juhl verstarb am 17. Juli 1918 während des Transports ins Allgemeine Krankenhaus. Der Täter, Franz Juhl, stellte sich am 18. Juli der Militärpolizei.

---

21 keinen Cent
22 bezahlen

Wiener Raubmord-Trilogie

Erzählt nach drei kriminalistischen Begebenheiten rund um den
Raubmörder Josef Fischer aus den Jahren 1874, 1876 und 1918.

I

Servus Viktoria

Ich keuche die steilen Stufen der Stiegengasse hinauf zur Wind-
mühlgasse und überquere sie. Nach einigen Metern biege ich
links ins Hirschenhaus ein, das Durchhaus, das über Stufen
hinauf zur Mariahilfer Straße führt. Mit flottem Schritt gehe
ich in den dritten Hof, wo sich die achte Stiege befindet und
keuche die Treppen in den zweiten Stock hinauf. Energisch
klopfe ich an die Wohnungstür meines Lehrherrn, des Vergol-
ders Anton Lencig. Es dauert gerade einmal so lang um durchschnaufen zu können, bevor mir Lencigs Dienstmagd die Tür
öffnet.

„Servus Viktoria …“

„Servus Pepi, was willst du denn da?“

„I hab den Herrn Lencig unten auf der Straßn troffen und er
hat mir aufgetragen, dass i ihm die Taschenuhr, die er diese
Woche vergoldet hat, runter ins Beisl[23] bring. Weil er dort jetzt
die Kundschaft trifft …“

Ich merke, wie Viktoria einen Augenblick zögert, bevor sie
mich in die Wohnung, die gleichzeitig auch die Werkstatt meines Lehrherrn ist, einlässt und dabei murmelt:

„Na von mir aus …“

In einem strengen Ton fügt sie, als wäre sie was Besseres als
ich, hinzu:

„Aber beeil dich!“

Ich nicke und balle die Fäuste. Wie ich es hasse, wenn sie, das
depperte Mensch[24], mich in diesem Ton anredet. In einem noch

---

23   Wirtshaus
24   blödes Mädchen

viel unangenehmeren Ton hat sie mich unlängst erst ange-pfaucht. Nur weil ich ihr, als sie sich gebückt hat, unter den Rock gegriffen hab. Dabei tut das ihr Verlobter andauernd, wenn er sie besucht. Viktoria hat ein wunderbar rundliches Hinterteil und große weiche Tuttln[25]. Immer wenn sie sich vornübergebeugt hat, hab ich in diese wogende Pracht gegriffen. Wofür ich meistens eine Watschn[26] kassiert hab. Wie ich mich durch das geräumige Vorzimmer in die Werkstatt begebe, geht mir all das durch den Kopf. Ich werf einen Blick zurück und seh, wie sich Viktoria wieder ihrer Arbeit zugewandt hat und Wäsche sortiert. Auf leisen Sohlen husche ich in die Küche. Ich hole aus einer Schublade den Fleischhammer, mit dem man Schnitzelfleisch klopft. Dann steh ich neben ihr.

„Na, hast gefunden, was du gesucht hast?"

„Freilich", presse ich hervor, hole weit aus und lass den Fleischhammer auf ihre Schläfe krachen. Sie gibt einen komi-schen Laut von sich und stürzt kopfüber zu Boden. Ich schau mir die am Boden liegende Viktoria kurz an und widerstehe dem Verlangen, ihr den Kittel raufzuschieben und zwischen die Beine zu greifen. Stattdessen hol ich aus dem Glaskasten, der zwischen ihr und der Küche steht, ein Fläschchen Scheide-wasser[27], hocke mich neben sie und gieße mit nicht unbeträcht-licher Befriedigung die ätzende Flüssigkeit in ihr hübsches Gfrieß[28]. Dann greife ich neuerlich zum Schnitzelklopfer und dresche wie von Sinnen auf sie ein. Befreiungsschläge. Nie wie-der wird das depperte Mensch mir eine runterhauen oder mich von oben herab wie einen dummen Buben behandeln. Keu-chend halte ich inne. Dann schleife ich den Körper in die Kü-che, umarme den massiven Küchenblock, in dem sich der Am-boss befindet, hebe ihn auf und lass ihn auf ihren Kopf krachen,

---

25   vulgär für weibliche Brüste („Titten")
26   Ohrfeige
27   Salpetersäure
28   Gesicht

der bis zur Unkenntlichkeit zerquetscht wird. Nach Atem ringend betrachte ich die Sauerei um mich herum. Nach und nach beruhige ich mich und bin erleichtert. Das, was ich mir vorgenommen hab zu tun, hab ich erledigt. Langsam streif ich die schwarzen Arbeitshandschuhe ab, die blutgetränkt und von Scheidewasser zerfressen sind und lasse sie auf den Boden fallen. Für einen Augenblick halte ich inne. Wie ruhig es ist. Die Wohnung meines Meisters hab ich eigentlich noch nie so still erlebt. Meistens sind der Meister, seine Frau und Viktoria da, und es wird in der Werkstatt, in der Küche oder in der Wohnung herumgewerkt. Nachdem ich einige Augenblicke lang die Stille genossen hab, geh ich in die Werkstatt und greif, ohne lange zu überlegen, zu einer braunen Handtasche, in die ich all das wertvolle Klumpert, das am und um den Tisch meines Meisters liegt, einpacke: eine goldene Halskette, eine Perlenkette, einen silbernen Armreif, eine Silberkette mit Medaillon, Goldringe, Taschenuhren, Uhrgehäuse sowie eine Goldkette. Dann begeb ich mich zum Schreibtisch, breche ihn auf und finde ein bisserl Bargeld. Nicht einmal einen Gulden in Summe! Mich packt die Wut, und ich durchwühle sämtliche Kästen der Wohnung. Dabei fallen mir noch ein silbernes Verdienstkreuz, goldene Ohrgehänge und ein vergoldetes Medaillon in die Hände. Mit der Beute geh ich zurück in die Küche, öffne leise die Wohnungstür und spähe in den Gang hinaus. Alles ist still.

„Wunderbar", murmle ich und lass hinter mir die Tür mit einem dumpfen Geräusch ins Schloss fallen.

II
Geehrter Herr und Kollega!

Brrrr! Draußen ist es saukalt. Da rennen die Eisbären umadum. Drum werd ich mich jetzt ins Kaffeehaus verfügen. Ein bisserl aufwärmen, einen anständigen Kaffee trinken und ein bisserl in den Zeitungen blättern. Einmal nachschauen, was in der großen weiten Welt so los ist. Leiwand, dass wieder Geld in meiner Hosentasche klimpert. War gerade beim Schurl, der ein kleines Café am Alsergrund besitzt und der was mein Hehler is. Zu dem geh ich aber nicht Kaffee trinken. Erstens stinkt's in seinem Tschecherl[29]. Da kommt nur frische Luft rein, wenn die Tür auf- oder zugeht. Weil der Schurl ein Schnorrer[30] ist. Der sitzt lieber im Tabakqualm, als dass er einmal ordentlich durchlüftet. Und zweitens braucht uns niemand gemeinsam sehen. Das wär ja noch schöner! Nein, dem Schurl verschacher ich die Sachen, die ich stehl, im Hinterzimmer. Quasi im Vorbeigehen. So wie gestern. Ist das ein wunderbares Gefühl, wieder Geld zu haben! Und deshalb kann ich jetzt auch auf einen Kaffee gehen. In ein richtig schönes Kaffeehaus. Ins Landtmann. Wiens eleganteste Café-Localität.

So! Da sitz ich nun inmitten der ganzen feinen Herren und habe einen Türkischen und ein Stamperl Rum vor mir stehen. Ich nippe an beidem genussvoll und greife dann zum Illustrierten Wiener Extrablatt. Ein fescher junger Mann blickt mich da auf der Titelseite an. Das Bild ist mir wurscht. Nicht wurscht ist mir aber, was über dem Bild steht: Der Raubmörder Francesconi. Das ist ja hochinteressant! Ich nehm noch einen Schluck Kaffee, kippe in einem Zug den Rum hinunter und beginne das, was unter dem Bild steht, zu lesen:

Wer würde es dem stutzerhaft eleganten jungen Mann ansehen, daß er ein so entsetzliches Verbrechen, einen Raubmord verübt haben könnte. Enrico Francesconi hat, wie es heißt, eine sorgfältige Erziehung genossen; seine Verwandtschaft im Savoyischen in der Nähe von Turin gilt für vermögend und angesehen, in dem jungen Manne waren anscheinend alle Vorbedingungen für ein segensreiches Leben vorhanden und er ist allen diesen günstigen Verhält-

29 kleines mieses Lokal
30 einer, der auf Kosten anderer lebt

nissen zum Trotz bis zu jener Stufe des Lasters hinabgesunken, von wo aus kein Weg mehr zur menschlichen Gesellschaft zurückführt.

Ich kann mir ein Lächeln nicht verkneifen und nehm wieder einen Schluck Kaffee. Es lockt mich, ein weiteres Stamperl Rum zu bestellen. Ich scheine auf einen Wesensverwandten gestoßen zu sein. Meine Familie stammt zwar nicht aus dem Adel, aber immerhin aus dem Bürgertum. Mein Vater ist ein angesehener Geschäftsmann in Mariahilf und meine Verwandtschaft ist nicht ganz unvermögend. In diesem Nest ist ein Kuckucksei ausgebrütet worden und nach dem Schlüpfen wohlbehütet herangewachsen.

Spöttisch grinse ich und lese weiter:

Sein Verderben war offenbar die ungezügelte Vergnügungssucht. Um dieser zu frönen, ließ er sich schon als Angestellter bei dem Großhändler Paul Mühlbacher in Klagenfurt strafbare Unregelmäßigkeiten zu Schulden kommen, er wurde von seinem Chef entlassen; mit dem ehrlichen Arbeiten konnte sich ja so ein Stutzer nicht plagen, und wenn man nicht einmal mehr eine Maitresse soll aushalten können, „dann hört sich doch Alles auf."

Francesconi schwindelte sich also so lange durch, bis es in Klagenfurt nicht weiter ging, und da mußte er einen großen Trumpf ausspielen, um schnell reich zu werden.

Um aber einen Haupttreffer zu machen, muß man ein Los haben, und dann noch recht lange warten. Das ging dem Mann viel zu langsam, er plante was Großes, und mit solchen Gedanken kam er am 28. September nach der reichen Residenz, wo, wie es in der Provinz allgemein heißt, das Geld auf der Straße liegt.

Enrico Francesconi hat das Verbrechen der Arbeit vorgezogen; auf diesem verhängnisvollen Wege ist er in einen Abgrund gerathen, aus dem es keine Auferstehung gibt.

Blödsinn! Verärgert schlag ich die Zeitung zu und leg sie zur Seite. Dass diese elenden Zeitungsredakteure immer moralisieren müssen! Dabei ist meine Wenigkeit der beste Beweis dafür, dass eine Auferstehung immer wieder möglich ist.

Als ich das Leben von Viktoria, dieser elenden Schlampe, ausgelöscht und mich selbst bereichert hatte, passierte mir zunächst gar nichts. Das kränkte meinen Stolz. Und so begann ich, die ehrenwerten Vertreter von Sicherheitswache und Justiz zu pflanzen. Mit verstellter Handschrift verfasste ich Geständnisse meiner Mordtat, überreichte sie meinem Lehrherrn und behauptete, ein Dienstmann hätte sie mir im Stiegenhaus in die Hand gedrückt. Er rief die Polizei, die völlig verblüfft war. Erst nach einer Phase des Kopfzerbrechens und Nichtweiterwissens brachten sie mich aufs Kommissariat und verhörten mich. Während dieses Verhörs stellte ich mich strohdumm und veralberte sie. Blöde grinsend saß ich vor ihnen und spielte den Trottel. Das Grinsen durchzuhalten fiel mir nicht schwer, da die Verhöre einen einzigen Klamauk darstellten, der mich außerordentlich amüsierte. Kaum hatten sie mich gehen lassen, da sie nichts aber auch gar nichts außer dem ganzen Blödsinn, den ich ihnen spaßeshalber erzählt hatte, in der Hand hatten, trieb ich das Spielchen weiter. Freiwillig ging ich aufs Kommissariat in Mariahilf und erstattete Anzeige. Nicht gegen mich, sondern gegen einen mysteriösen Unbekannten, der eine Dienstmannuniform getragen und mich im Stiegenhaus niedergeschlagen hätte. Dieses Schauermärchen erzählte ich nicht nur am Kommissariat, sondern überall im Bezirk. Schließlich verhafteten sie mich aufs Neue. Sie unterzogen mich zahlreichen Verhören, ohne dass es ihnen gelang, Klarheit in das Labyrinth der von mir erfundenen Geschichten zu bringen. Ich spielte weiter den Trottel und wurde schließlich neuerlich aus der Haft entlassen. Mein Vater aber, der arme Tropf, dessen Stolz auf der Tatsache beruhte, ein im ganzen Bezirk geschätzter Ehrenmann zu sein, war zu Tode betrübt. Er hielt mich, seinen Sohn, zu einer unrechtlichen Handlung für nicht fähig. Diese Gutgläubigkeit, um nicht zu sagen Dummheit, reizte mich ungemein, und so begann ich, ihn systematisch zu bestehlen. Den Gewinn, den ich bei einem Hehler nach dem Raubmord lukrierte, hatte ich mittlerweile verjubelt. Als mir mein Herr Vater schließlich auf die Schliche kam, drängte er mich, Soldat zu werden. Er hoffte, dass man mir beim Deutschmeister-Regiment, bei dem ich assentiert wurde, die Wadeln virerichten[31] und mich Mores lehren würde.

Im Kasernenalltag war es mir dann ein Leichtes, meine gutgläubigen Kameraden zu bestehlen, wo immer sich eine Möglichkeit ergab. Als man mir schlussendlich auf die Schliche kam, musste ich zur Strafe einige Zeit im Militärarrest absitzen. Das deprimierte mich außerordentlich. Unerfreulich war auch die Tatsache, dass das Brigadegericht neuerlich in der Mordsache Viktoria Moldaschl herumzustirln[32] begann und mich beim Landesgericht als den mutmaßlichen Mörder der Moldaschl anschwärzte. Infolgedessen wurde ich neuerlich ins Landesgericht eingeliefert. Aber auch diesmal kamen die hohen Herren nicht weiter und mussten mich schließlich laufen lassen, genauso wie die Armee mit mir nicht weiterkam und mich schließlich unehrenhaft entließ.

Tief versunken in meinen Erinnerungen nehm ich einen Schluck Kaffee. Er schmeckt kalt und bitter. Ich schüttle mich und ruf laut nach dem Ober. Da der nicht daherkommt, leg ich das Geld für meine Zeche auf die Marmorplatte des Tisches und verlasse das Kaffeehaus.

*

Tagelang geht mir dieser Francesconi nicht aus dem Kopf. Andauernd geistert er in meinem Schädel umadum. So als ob wir

---

31 jemanden zur Räson bringen
32 herumstochern

Blutsverwandte – um nicht zu sagen Brüder – wären. Ich überlege, ob ich versuchen soll, ihn im Landesgericht zu besuchen. Doch diese Idee schlage ich mir augenblicklich aus dem Kopf. Wahrscheinlich würde es mir die hohe Gerichtsbarkeit sowieso nicht gestatten.

In den folgenden Wochen verblasst Francesconis Eindruck auf mich. Umso mehr trifft mich heute sein Abbild, das die Titelseite des Neuen Illustrierten Extrablattes ziert. Es zeigt ihn im Gerichtssaal vor seinen Richtern. Mit bebender Stimme bestelle ich zu meinem großen Schwarzen einen doppelten Rum. Nachdem ich das Stamperl hinuntergekippt habe, beginne ich den Text zum Bild zu lesen:

Wir bringen hier die Szenerie des Gerichtssaales von gestern. Man nimmt auf dem Bilde zunächst die Persönlichkeit Franceconis wahr, des „poetischen" Raubmörders, der auf der Flucht vom Orte seines entsetzlichen Verbrechens Zeit fand, seiner Herzallerliebsten ein Bouquet Alpenblumen zu kaufen. Er sah übrigens gestern weniger poetisch aus, als sich ihn die Damenwelt seit seiner Bekanntwerdung vorstellte; er ist schrecklich abgemagert und bot gestern ein Bild der Verzweiflung.

Hinter ihm sehen wir den bewährten Advokaten Dr. Edmund Singer, dessen Rede gegen die Todesstrafe ein Meisterwerk dialektischer Kunst genannt zu werden verdient. Graf Lemezan, dessen markante Züge ohnehin Jedermann kennt, sitzt im Hintergrund und notiert fleißig, da er auf die formvollendete Rede des Advokaten eine Rede für die Anwendung der Todesstrafe zu halten gedenkt.

Ich lasse die Zeitung sinken und schüttle den Kopf. Was ist da in dem Francesconi vorgegangen, dass er sich von den Wapplern[33] der Polizei und den Fetznschädln[34] der Justiz einfangen hat lassen? Das darf doch nicht wahr sein! Jetzt wird er wahr-

---

33   unfähiger Depp
34   Idioten

scheinlich hingerichtet werden. Verdammt noch einmal! Der hätte mich fragen müssen, wie man das macht, dass man alle an der Nase herumführt, sie papierlt[35] und pflanzt[36]. Mein Gott, dieser Unglücksrabe!

Am nächsten Tag begebe ich mich mit keiner geringen inneren Anspannung ins Kaffeehaus, um die weiteren Berichte über Francesconis Prozess zu lesen. Ich bestelle mir einen großen Mokka und zur Sicherheit einen doppelten Rum, um meine Nerven zu beruhigen. Ich muss mir eingestehen, dass mich die ganze G'schicht doch sehr beschäftigt. Immer wieder denke ich darüber nach, was ich an seiner Stelle getan hätte. Ein ums andere Mal komme ich nach meinen Grübeleien zu folgendem Schluss: Natürlich hätte ich so wie er den Geldbriefträger überfallen und umgebracht. Aber danach hätte ich mich mit meiner Beute aus dem Staub gemacht. So wie er hätt ich das nicht angestellt. Im Gegenteil. Ich wäre mit dem nächsten Expresszug über die Grenze nach Italien gefahren. Dann weiter nach Genua. Dort hätte ich ein Schiff bestiegen und wäre nach Afrika gereist. Dort hätt mich kein Schwein gefunden.

Ich nehme einen Schluck Kaffee und beginne die ausführliche Berichterstattung über den Verlauf des Prozesses zu studieren. Ich lese den etwas langatmigen Artikel mit dem vorhersehbaren Ende, dass Francesconi von den Geschworenen zum Tode verurteilt wurde. Ich gähne, trink den restlichen Kaffee und mach einen kräftigen Schluck Rum. Er wärmt meinen Magen, draußen ist es kalt und regnerisch, und er hellt meine Stimmung auf.

Plötzlich sticht mir auf der Zeitungsseite rechts unten ein Artikel ins Auge:

---

35   jemanden vergackeiern
36   jemanden zum Narren halten

Kriminal-Geschichten. (Vom verurtheilten Francesconi.)

So unglaublich es auch klingen mag, aber es ist doch wahr: Als Francesconi gestern nach Anhörung des Todesurtheiles in seine Zelle geführt wurde, war er ziemlich redselig. Er äußerte sich den Gefängniswärtern gegenüber, dass man seine Bestrebungen, einen ehrlichen Erwerb zu finden, in der Verhandlung viel zu wenig berücksichtigt habe, wiewohl sein Verteidiger darauf einigemal hingewiesen hätte. Francesconi, der seit einigen Tagen schon beinahe nichts zu sich genommen hatte, war plötzlich bei gutem Appetit und soll zur Verwunderung Aller nicht weniger als zwei Rationen Speise zu sich genommen haben. Nachdem er seinen Heißhunger gestillt hatte, legte er sich nieder und schlief einen ruhigen Schlaf, als wäre sein Gewissen das beste Ruhekissen.

Ich schnaube verächtlich. Was war dieser Francesconi nur für ein Raubmörder? Frisst nach dem Todesurteil wie ein Tier und schnarcht dann wie ein Bär. Ich schüttle den Kopf und schütte den restlichen Rum in einem Zug hinunter. Ich verspüre neuerlich ein angenehmes Brennen in der Magengrube sowie das unbändige Verlangen, diesem welschen Möchtegernverbrecher eine Lektion zu erteilen. Nach einigem Überlegen steck ich dem Piccolo einen Gulden zu und beauftrage ihn, eine Korrespondenzkarte zu besorgen sowie Tinte und Feder zu bringen. Nachdem der Piccolo mir alles an den Kaffeehaustisch serviert und sich tausendmal für das üppige Trinkgeld bedankt hat, verfasse ich ein kurzes Schreiben, das ich folgendermaßen formuliere:

Herrn Heinrich Edlen v. Francesconi, derzeit im k. k. Landesgerichte.

Geehrter Herr und Kollega! Ich erlaube mir, Ihnen mein lebhaftes Bedauern darüber auszusprechen, dass Sie so dumm waren, sich fangen und nun auch hängen zu lassen. Ich gehe nun schon seit drei Jahren unbehelligt herum und es fällt Niemandem ein, in mir zu vermuthen den, der ich bin, der Mörder der Moldaschl.

III
Marie! Marie!

Als sich Marie, die von einigen auch Mizzi genannt wird, über das Briefpapier beugt, greif ich unter den Tisch. Meine Hand umfasst den Stil der Hacke, deren Klinge ich am Vormittag nachgeschliffen hab. Jetzt oder nie! Mein rechter Arm schnellt empor. Da Marie im letzten Augenblick ihren blöden Schädel bewegt, trifft die Hacke nur ihre linke Schläfe. Blut spritzt und Maries Ohr landet platschend am Küchenboden. Ein leiser Schrei, ihr Gesicht wird kasweiß. Ohnmächtig gleitet sie zu Boden. Mein Beil, das ich neuerlich erhoben habe, lasse ich sinken. Ich beuge mich über sie und zische:

„Du kleine Drecksau, von mir wirst du keinen luckerten Heller bekommen."

Dann schnellt mein Arm in die Höhe und ich hacke wie besessen auf die Marie ein, bis ihr Schädel vom Leib abgetrennt ist. Keuchend halte ich inne. Der Schaft der Axt ist glitschig. Mit der linken, nicht blutigen Hand öffne ich die Lade des Küchentisches und hol eine Stoffserviette heraus. Nachdem ich damit den Axtstiel und meine rechte Hand einigermaßen gereinigt hab, ziehe ich den schwarzen Holzkoffer, den ich vorsorglich in einem Eck der Küche deponiert habe, zur Leiche.

„So a Schaaß! Der Koffer is zu klein!"

Ratlos steh ich einige Augenblicke umadum. Dann greif ich zum Beil und trenn mit kräftigen Hieben zuerst ihren rechten und dann ihren linken Arm ab. Ich schieb das Kleid hinauf, so dass Mizzis Beine und Schenkel zu sehen sind. Ich zieh ihr die knielange Unterhose aus und schau mir Mizzis entblößten Unterleib an.

„So a fesches Madl …"

Dann trenn ich mit weiteren Axtschlägen die Beine vom Torso ab. Neuerlich mach ich eine Pause. Mit dem Unterarm wisch ich mir den Schweiß von der Stirne, schau mich um und murmle:

„Wie im Schlachthaus schaut's da aus …"

Ich erinnere mich, irgendwann einmal gehört zu haben, dass Blut nicht mit warmem, sondern kaltem Wasser zu entfernen ist. Seufzend begebe ich mich zum Waschtisch, gieße Wasser ins Lavoir[37] und beginne, Mizzis Blut von meinen Händen und Unterarmen zu entfernen. Das geht mit kaltem Wasser und Seife ganz gut. Nach dieser Reinigungsprozedur schau ich in den Spiegel und fluche leise. Was ich sehe, ist äußerst unerfreulich. Überall Blutspritzer. Nicht nur im Gesicht, auch in den Haaren und auf den Küchenmöbeln. So eine Sauerei! Ich bin verzweifelt.

*

„Das war's."

Nechyba stand auf, zog sich den rutschenden Hosenbund hoch und verließ das Verhörzimmer. Die Befragung von Josef Fischer hatte dazu gedient, letzte Details der von ihm begangenen Bluttat zu klären. Der Polizei-Stenotypist folgte dem Oberinspector nach draußen. Zu dem vor der Tür warteten Beamten sagte Nechyba:

„Bringen S' das Gfrast[38] in die Zelle."

Angewidert kehrte er in sein Büro zurück. Mit der Faust pumperte[39] er an die Wand, sein Assistent Pospischil erschien und Nechyba knurrte:

„Bring Er mir ein Bier und a heutige Zeitung."

„Jawohl, Herr Oberinspector."

Pospischil salutierte zackig, machte eine Kehrtwende samt Ausfallschritt und verließ das Zimmer. Während Nechyba auf das Bier wartete, grübelte er vor sich hin. Was war mit den

---

37 Waschschüssel
38 Schimpfwort, das im Wienerischen wie „Arschloch"
      eingesetzt wird
39 klopfen

Leuten los? Hatte denn niemand mehr Anstand oder Ehrgefühl? Gab es so etwas wie Moral nicht mehr? Josef Fischer, den er zuvor einvernommen hatte, bestahl ungeniert ein zweiundzwanzigjähriges Mädchen, das ihm ihre Ersparnisse anvertraut hatte. Als sie ihm auf die Schliche gekommen war, hatte er sie umgebracht. Reue? Davon war während der Vernehmung nichts zu bemerken gewesen. Fischer hatte über den Tathergang völlig emotionslos berichtet. Als ob er nicht der Täter, sondern ein unbeteiligter Beobachter gewesen wäre. Pospischil, der mit einem Krügel Bier und der Kronen Zeitung in das Büro eintrat, riss Nechyba aus den trüben Gedanken. Nachdem sein Assistent das Zimmer verlassen hatte, nahm er einen kräftigen Schluck Bier. Wenigstens Bier gab es nach vier Jahren Krieg noch! Auch wenn es nicht mehr so wie in Friedenszeiten schmeckte …

Dann widmete er sich der Zeitung. Der Mord, den Josef Fischer begangen hatte, zierte die Titelseite. Nechyba blätterte um und begann zu lesen:

Der Mädchenmord in Hernals.

Morgen wird der Maulkorberzeuger Josef Fischer dem Landesgericht eingeliefert werden. Die polizeilichen Erhebungen über die Tat des Mannes sind so gut wie abgeschlossen, der Fall ist – soweit es die Rolle Fischers betrifft – fast völlig klargestellt. Der 61-jährige Mann, der das ihm anvertraute Vermögen der unglücklichen Mizzi Drda sich aneignete und sein Opfer dann ermordete, wird nun im Gericht in jene Zelle gesperrt, aus der er dann vor seine Richter treten soll, die für das gräßliche Verbrechen die verdiente Strafe verhängen.

Das Verbrechen an dem unglücklichen Hotelstubenmädchen hat umso größeres Aufsehen hervorgerufen, als es sich nun zum zweiten Mal innerhalb kurzer Zeit ereignete, dass in einem von Parteien dicht bewohnten Hause ein tückischer Mord verübt und die Leiche im Hause versteckt wurde …

In einem finsteren Walde, auf einsamer Landstraße, in öden Fels-
gegenden mag oft auch den beherzten Wanderer der unheimliche
Gedanke beschleichen: „Es ist gar nicht unmöglich, dass hier irgend-
wo, vielleicht in meiner nächsten Nähe, ein Verbrechen verübt wur-
de, und vielleicht liegt nur wenige Schritte von mir die Leiche eines
Opfers menschlicher Habsucht." Aber auch der furchtsamste Mensch
wird in seinen schreckhaften Einbildungen wohl nicht häufig an
die Möglichkeit denken, dass nur durch eine dünne Wand getrennt
das entsetzlichste Verbrechen verübt wurde und dass der Mund den
Moderduft eines blutigen Leichnams einatmete. Sowohl die Drda
als auch die 81-jährige Veronika Wessely fanden ihren entsetzlichen
Tod, nachdem sie (durch Diebstahl und durch Betrug) um ihre
Habe gebracht wurden, weil die Täter auf diese Weise der drohen-
den Strafe für ihre Verbrechen entrinnen wollten.

*

Platsch! Bumm!

Eine gerade und dann eine verkehrte Ohrfeige fegten Josef
Fischer vom Sessel, der mit ihm umfiel. Er schrie vor Schreck
und Schmerz auf. Joseph Maria Nechyba beugte sich über ihn.
Fischer krümmte sich instinktiv zusammen.

„Bitte nicht treten! Keine neuerlichen Schläge!"

Schützend hielt er die Arme über seinen Kopf. Doch der
Oberinspector dachte gar nicht daran, Fischer neuerlich zu
schlagen. Er packte ihn am Schlafittchen und zog ihn hoch.

„Stell den Sessel auf und setz dich!"

Fischer stand da und schepperte wie ein Kluppensackl[40].

„Du sollst dich hinsetzen! Kruzitürken!"

Mit zitternden Händen hob er den Sessel auf und nahm
Platz. Nechyba brummte zufrieden und fragte in ruhigem
Ton:

---

40   Sack mit Wäscheklammern

„Also, wie war das damals im 74-er Jahr[41]? Du hast beobachtet, dass die Viktoria Moldaschl allein war in der Wohnung
deines Meisters, des Goldschmieds. Also hast du in jede Hand
einen Hammer genommen, bist zu ihr hinauf und hast sie mit
den Hämmern niedergeschlagen. Dann hast du alle Preziosen,
die in der Werkstatt herumgelegen sind, zusammengerafft. Als
die Moldaschl leise gestöhnt hat, weil sie offensichtlich noch
gelebt hat, hast den Goldschmiedeamboss gepackt und ihr damit den Schädel zertrümmert. Damit's auch wirklich hin is,
hast noch ein bisserl Salpetersäure über ihr G'sicht geschüttet.
Nachher hast dich mit dem Goldschmuck päulisiert[42]. War's
so?"

Josef Fischer starrte auf den Boden und sagte kein Wort.
Nechyba überlegte, ob er ihn noch einmal schlagen sollte. Er
entschied, es einmal mit Brüllen zu versuchen:

„War es so?!!«

Fischer zuckte zusammen, als ob er neuerlich eine fürchter-
liche Ohrfeige bekommen hätte. Er legte seine großen unge-
pflegten Hände schützend auf den von dünnem Haar bedeck-
ten Schädel. Fischer begann neuerlich zu zittern und zu allem
Überfluss auch noch zu weinen. Nechybas Wut verwandelte
sich in Fassungslosigkeit. Vor ihm saß der, der die junge Marie
Drda zuerst um ihre Ersparnisse und dann um ihr Leben gebracht hatte. Der sie sodann kaltblütig zerstückelt und die Lei-
chenteile im Keller unter einem Kohlenhaufen vergraben hat.
Ein eiskalter Verbrecher, der nun als Häufchen Elend vor ihm
saß. Nechyba empfand Abscheu. Umso mehr, als Josef Fischer
vor vierundvierzig Jahren wahrscheinlich auch den bis dato
nicht aufgeklärten Mord an Viktoria Moldaschl begangen hatte. Als ein mit allen Wassern gewaschener Kriminalist war der
Oberinspector von Hofrat Dr. Schober[43] persönlich gebeten

---

41   1874
42   aus dem Staub machen
43   Leiter der Wiener Polizei

worden, Licht in diesen seit 1874 ungeklärten Fall zu bringen. Nun beobachtete er aufmerksam den zusammengekrümmt dasitzenden, Rotz und Wasser heulenden Josef Fischer. So wie der im Moment beisammen war, hätte Nechyba ihn totprügeln können und trotzdem kein Geständnis aus ihm herausbekommen. Fischer hatte abgeschaltet. Er war bereit, alles zu erdulden und nichts zu sagen. Das bedeutete das Ende des Verhörs. Nechyba stand auf und verließ den Raum.

*

Mit dem Grünen Heinrich werde ich von der Zelle des Polizeigefangenenhauses ins Landesgericht gebracht. Ein Justizwachebeamter eskortiert mich zu meiner neuen Zelle, wo ich feststellen muss, dass ich einen Zellengenossen habe. Einen kleinen drahtigen Kerl, der mich mit stechendem Blick mustert. Ich brumme »Servas …« und lasse mich auf meine Pritsche fallen. Der G'schissene antwortet nicht, sondern starrt mich in einem fort feindselig an. Sein G'schau wird mir allmählich unangenehm, und ich grantel ihn an:

„Was schaust denn so blöd?"

„Was hast g'sagt?"

„Nix …"

„Hast blöd g'sagt?"

„Nein …. ja …. vielleicht …"

„Mädchenmörder."

„Was?"

„A Zweiundzwanzigjährige hast umbracht."

„Woher weißt du das?"

„Das weiß da herinnen a jeder."

„Na und?"

„I hab a gleichaltrige Tochter."

„Da solltest gut aufpassen auf sie …"

„Hast du gerade meine Tochter bedroht?"

Wie ein Blitz schnellt seine Hand vor an meine Gurgel. Mein Hinterkopf kracht gegen die Wand. Dröhnender Kopfschmerz. Mit eisernem Griff würgt er mich. Ich kämpfe röchelnd um Luft und versuche mich zu befreien. Ohne Erfolg. Neuerlich kracht mein Schädel gegen die Wand. Mir wird schwarz vor Augen.

Wo bin ich? Ich lieg auf dem Boden. Er ist kalt und stinkt. Mein Schädel brummt. Auweh! Die kleinste Bewegung schmerzt. Ich muss husten und schmecke Blut. Mir ist ganz komisch, und ich denk an die Viktoria und an die Marie, deren Blut überall umadum gespritzt is. Langsam wach ich auf. Es dämmert mir, dass ich mich im Landesgericht befinde. Mir ist übel. Ich versuche mich aufzurappeln. Ich knie vor meiner Pritsche und kämpfe mit Schwindel und Übelkeit. Plötzlich dreht sich mein Magen um.

»Du Drecksau, du elendige!«

Die Stimme kenn ich. Das ist mein Zellengenosse. Mühsam versuch ich aufzustehen. Da trifft mich ein Tritt in die rechte Seite. Und dann noch ein Tritt, und noch einer. Mein G'spiebenes[44] kommt mir bei der Nase heraus. Ich ringe um Luft und schnäuz mich in die Faust. Kaum dass ich durchatmen kann, trifft mich ein Tritt in die Eier[45]. Ich krümme mich zusammen und beginne vor Schmerz wie ein Viech zu brüllen. Ein Tritt mitten ins Gesicht.

»Kusch! Du Schneebrunzer, du wehleidiger!«

Weitere Tritte gegen den Brustkorb. Dann wieder ins Gesicht. Um mich herum wird's wieder schwarz.

*

Wie ich aufwach und mich umdrehen will, tut mir alles weh. Dann bekomm ich mit, dass mich zwei Justizwachebeamte in

---

44   Erbrochenes
45   Hoden

ein weißes Zimmer schleppen und dort auf ein Bett legen. Ein Mann mit Zwicker und gepflegtem Bart beugt sich über mich und untersucht mich.

„Na servas", murmelt der Mann, »der Schnelle Ferdl hat den Fischer ganz schön zugerichtet. Schwere Kopferschütterung, einen Nasen-, Jochbein- und Hodenbruch. Und ein paar Rippen hat er ihm auch zertrümmert.«

Darauf hör ich einen der Justizwachebeamten sagen:

„Ja, der Schnelle Ferdl is gefürchtet. Der hat in der Galerie[46] den Ruf, a brutale Sau zu sein."

„Und warum habt's den Fischer mit dem in eine Zelle gesteckt?"

„Weil er's verdient hat. Der hat a blutjunges Mädl derschlagen und zerstückelt."

*

Zu meiner Erleichterung werd ich nicht mehr in die Zelle zurückgebracht. Ich bleib auf der Krankenstation. Mir ist heiß. Ich glaub, ich hab Fieber. Ich träum von meinem Herrn Vater, wie er mich nach dem Rauswurf von den Deutschmeistern nicht mehr bei sich daheim aufgenommen hat. Wie ich plötzlich auf der Straße gestanden bin, obdachlos war und eine Zeitlang nicht mehr weiter gewusst hab. Also bin ich einbrechen gegangen. Wirre Bilder aus meinem Leben spuken mir durch'n Kopf. Immer wieder haben's mich erwischt, verhaftet und in den Häfn[47] g'steckt. Danach hab ich meine Frau Anna kennengelernt. Die ist sehr fleißig und hackelt immer sehr viel. Irgendwie hat mich das ang'steckt. Als g'lernter Goldschmied kann ich mit Draht und Metall umgehen, und so hab ich begonnen, Maulkörbe herzustellen, die ich in Kaffee- und Wirtshäusern an Hundebesitzer verkauft hab. Das ist a ganz gutes G'schäft, und so bin ich seriös geworden.

---

46 Unterwelt
47 Gefängnis

Dann ist plötzlich Krieg. Gott sei Dank bin ich schon zu alt, als dass sie mich einziehen. Ich bleib daheim und merk, dass die Versorgungslage täglich schlimmer wird. Es mangelt an allem und jedem und ich betätige mich am Schwarzmarkt. Ich schacher[48] mit allem Möglichen.

Da taucht die Marie in meinen Fieberfantasien auf.

Als Mädl hab ich sie im Gasthaus ihres Ziehvaters Robert Wurm kennengelernt. Der hat nicht nur so g'heißen, der war auch ein elendiger Wurm. Immer war er grauslich zu der Kleinen. Doch die hat ziemlich bald angefangen, sich gegen den Wurm zu wehren. Oft hat sie sich nach Streitereien zu uns geflüchtet. Zu meiner Frau und mir. Die Marie ist groß geworden und war eine genauso Fleißige wie meine Frau. Sie hat eine Stelle als Zimmermädl im Hotel Wilhelmshof angenommen und brav verdient. Ja und dann hat mir die Marie ihre Marie[49], die sie verdient hat, zum Aufbewahren anvertraut. Ab da hat sich alles geändert. Ich hab nicht widerstehen können und ihre Ersparnisse abgeräumt. Als die Marie ihr Geld zurückhaben wollte, hab ich sie mit der Hacke erschlagen. Damit mich meine Frau net stört, hab ich sie vorher aufs Land zu Verwandten geschickt. Plötzlich hab ich den Wurm, den Ziehvater von der Marie, vor mir gesehen. Diese Kreatur ist zur Polizei gegangen und hat eine Vermisstenanzeige aufgegeben. Dann hat die Polizei ang'fangen, die Marie zu suchen. Alle Bekannten von der Marie haben's befragt. Mich und mei Frau auch. Sie sind in meine Wohnung kommen. Obwohl ich wie ein Narrischer putzt hab, hat's doch ein bisserl nach Verwesung g'rochen. Nachdem's in meiner Wohnung nix g'funden haben, haben's im Keller nachg'schaut. Dort haben's unter einem Kohlenhaufen die Reste von der Marie g'funden. So bin ich ins Landesgericht kommen. Aber den Mord an der Moldaschl hab ich nicht zugegeben. Selbst dann nicht, als mich der schnauzbärtige Ober-

---

48   handeln
49   Geld

inspector gebirnt[50] hat wie einen Tanzbären, zugegeben hab ich trotzdem nix. Auch nicht, dass ich damals die gestohlenen Preziosen für einen ordentlichen Batzen Geld an einen Hehler verkauft hab. Beim Gedanken daran muss ich grinsen.

Auf einmal wird mir ganz schwindlig und ich murmle »Marie, Marie, im Leben dreht sich alles nur um dich, Marie«, dann wirds rund um mich wieder schwarz.

*

An einem Sonntag im Jahr 1932, als Joseph Maria Nechyba im Café Jelinek saß und die unterschiedlichsten Zeitungen durchblätterte, stach ihm eine Überschrift ins Auge. Im Neuigkeiten-Weltblatt stand zu lesen:

Mordrätsel in Wien.
   Unaufgeklärte Blutverbrechen im älteren und neuen Wien.

Nechyba bestellte ein Stamperl Cognac, strich sich über den Schnauzbart und begann zu lesen. Es ging wieder einmal um den Mordfall Viktoria Moldaschl. Er überflog die ausführlichen Schilderungen der Mordtat, die er seinerzeit vor dem Verhör Josef Fischers in den Akten studiert hatte. Da ihm all das bekannt war, überflog er etliche Absätze, bis es wieder interessant wurde:

Zu einem gerichtlichen Urteil über Fischer kam es nicht, denn Josef Fischer verstarb als Untersuchungshäftling im Landesgericht.

Nechyba schüttelte den Kopf und murmelte:
   „Da hat der Fischer, der elendige Halunke, es doch noch geschafft, seinen Kopf aus der Schlinge zu ziehen."

---

50   geschlagen

Geschichten aus dem neuen Wien

Herr Nechyba wünscht einen guten Morgen

Es geschah rund um meinen vierzigsten Geburtstag. Und zwar in den frühen Morgenstunden. Beim Schlafzimmerfenster blinzelte bereits die Sonne herein. Ich drehte mich um und glitt noch einmal hinüber in einen wunderbaren Halbschlaf. In diesem Zustand zwischen Aufwachen und Weiterschlafen sah ich ihn plötzlich vor mir. Ein großgewachsener, beleibter Mann mit blondem, aufgezwirbeltem Schnurrbart und einer blonden igelförmigen Kurzhaarfrisur. Er saß an einem wackeligen Schreibtisch, vor sich ein Gabelfrühstück. Dieses aß er mit Bedacht und Genuss. Es war nichts Süßes, sondern etwas Herzhaftes. Ein Semmerl mit einem Russen[51] drinnen. Oder war es ein Fleischlaberl[52]?

Es klopfte. Nechyba brummte: „Herein."

Nechyba? Wieso Nechyba? So heißen entfernte Verwandte mütterlicherseits, die in den 1970er-Jahren nach Amerika ausgewandert waren und die wir – meine damalige Frau und ich – schon einige Male besucht hatten. Merkwürdig. Noch merkwürdiger war aber, dass der Mensch, der zuvor angeklopft hatte, vor Nechyba trat und ihm ein frisch gezapftes Krügel[53] Bier servierte. So wie es seinerzeit, als von den Brauereien der Gerstensaft hauptsächlich in Holzfässer und nicht in Flaschen abgefüllt wurde, üblich war. Der, der das Krügel servierte, trat zwei Schritte zurück, schlug die Hacken zusammen, salutierte und verschwand.

Wo war ich? Und vor allem in welcher Zeit? Jedenfalls nicht in einer militärischen Einrichtung, da Nechyba und der andere keine Uniformen trugen. Sondern schwarze, dreiteilige Anzüge, deren Schnitt extrem altvaterisch aussah. Und wie es in Träumen manchmal so ist, kommen einem die merkwürdigsten

---

51 marinierter Hering, Kronsild
52 Frikadelle
53 0,5-Liter-Glas

Eingebungen von was weiß ich woher. Irgendwie dämmerte mir, dass ich mich im Jahr 1903 befand und dass dieser Herr Nechyba nicht irgendein Zivilist, sondern Kriminalbeamter war. Ein Kriminalist, dessen Hauptinteresse nicht darin bestand, irgendwelche Kriminalfälle aufzuklären. Nein, er klärte lieber die Frage, was er abends beziehungsweise im Laufe des nächsten Tages essen und trinken würde. Ein Gourmand, der statt Verbrecher zu jagen lieber die köstlichsten Gerichte der Wiener Küche aufspürte. Und diese, soweit es ihm als Amateur möglich war, auch mit viel Liebe und Geduld nachkochte. Er verbrachte viel Zeit bei seinem Lieblingsfleischhauer und bei den Obst- und Gemüseständen am Naschmarkt. Denn Herr Nechyba war kein fanatischer Fleischesser. Ganz im Gegenteil, er war auch von Gemüse und den fleischlosen Gerichten der Wiener Küche sehr angetan. Von einfachen Aufstrichen wie Liptauer oder Quargelbutter über Teigwarenspezialitäten wie Topfenhaluschka oder Krautfleckerln bis hin zu Hauptspeisen wie Erdäpfelpuffer mit Rahm, Eiernockerln, Erdäpfelgulasch, Einbrennte Hund, Kürbisrahmgemüse, Dillensauce mit Salzerdäpfel, Schwammerlsauce mit Knödel oder Knödel mit Ei.

All das war durch meinen Traum gespukt, und so wunderte es mich nicht, dass ich nach dem Aufwachen einen riesengroßen Hunger verspürte[54].

In den folgenden Wochen ging mir die morgendliche Erscheinung in Gestalt des Herrn Nechyba nicht mehr aus dem Sinn. Und so begann ich neben meiner Arbeit als Werbetexter intensiv zu recherchieren. Nicht ohne bereits die erste Szene, die mir im Halbschlaf vor meinem geistigen Auge erschienen war, bereits in meinen Mac getippt zu haben. Das Schreiben war wie ein Rausch, und ich schmückte die Szene zu einem Kapitel aus. Dann schrieb ich weitere Kapitel.

---

54 Nachzulesen in meinem Buch Alt-Wiener Küche – Inspector Nechybas mörderisch gute Rezepte

In den folgenden Wochen nahm ich immer wieder die ausgedruckten Seiten zur Hand und las sie. Meist mit Vergnügen, manchmal mit Frustration, da ich mich fragte, was das eigentlich werden sollte. Wozu das Ganze? Als Profi, der seit vielen Jahren zwar mit Schreiben sein Geld verdiente, aber keine Ahnung vom Verfassen eines Romans hatte, zweifelte ich an der Sinnhaftigkeit meines Tuns und des Verlangens, im Jahr 1903 zu versinken und weiterzuschreiben. Meine damalige Ehefrau, die meinem vor ihr verheimlichten Tun auf die Schliche kam, zweifelte ebenfalls und konnte sich ätzende Bemerkungen nicht verkneifen:

„Was machst denn schon wieder? Schreibst schon wieder an diesem Blödsinn? Schreib was Vernünftiges, mit dem du Geld verdienst!"

Etliche Jahre später ist aus dem „Blödsinn" unter dem Titel „Die Naschmarkt-Morde" mein erster historischer Roman geworden. Das Buch, das über dreißig Verlage abgelehnt hatten, ist mittlerweile ein Longseller mit dreizehn regulären Auflagen sowie zwei Sondereditionen. Dem ersten Buch folgte eine Serie von sieben weiteren Romanen, zwei Bänden mit Kurzgeschichten sowie einem Kochbuch mit Nechybas Lieblingsrezepten.

Insofern war mein Halbschlaf im Frühjahr 1997, als sich Joseph Maria mit all seiner Leibesfülle in meine Träume gedrängt und sich in meinem Kopf eingenistet hatte, ein wirklich guter Morgen.

Lecker!

Während des Grundwehrdienstes wurde ich im November 1976 gemäß meinem zuvor schriftlich eingebrachten Wunsch von der Berger Kaserne in Neusiedl in die Karlskaserne nach Wien versetzt. Nicht dass ich in genau diese Kaserne versetzt werden wollte, ich wollte nur nach Wien. Aber die dem systematischen Sadismus huldigenden Militärschädeln des österreichischen Bundesheeres hatten mich natürlich nicht in eine der zig anderen Wiener Kasernen, sondern in die nach Kagran versetzt, die einen besonders üblen Ruf hatte. Nach dem Motto: Wenn der Loibelsberger uns mit schriftlichen Eingaben nervt – was er laut Gesetz tun darf –, dann sekkieren wir ihn ebenfalls und stecken ihn in unsere Panzerjägerkompanie in Kagran, wo wir alle dienstrechtlich auffälligen Ausbildner zusammengefasst haben, um solchen Gfrastern wie dem Loibelsberger die Spompanadeln[55] auszutreiben.

Die Panzerjägerkompanie der Karlskaserne war damals berüchtigt als Hort von Sadisten, Alkoholkranken und Nazis, die das Bundesheer nicht rauswarf, sondern sie als Befehlshabende einsetzte und auffällige Wehrpflichtige Mores lehren ließ. Und so war es kein Zufall, dass Wolfgang Ambros, um fünf Jahre älter als ich, ebenfalls hier seinen Präsenzdienst abgeleistet hatte. Seine Erlebnisse inspirierten ihn zu dem Lied „Tagwache", in dem gleich zu Beginn von einem speziellen Ausbildner die Rede ist: „Und ana, a gaunz a klaner, der schreit und wird immer länger und er schreit und er schreit und er schreit und schreit …"

Damit komme ich zur Hauptperson dieser Geschichte: zum Vizeleutnant Haas. Er war der Spieß der Panzerjägerkompanie,

---

55   Fisimatenten

das heißt der höchste Unteroffizier und Alleinherrscher in der Kompaniekanzlei. Ihm stand aufgrund der allgemeinen Dienstvorschrift eine ganze Wundertüte an Disziplinierungsmaßnahmen zur Verfügung.

Einige der Schmankerln, mit denen er mich während meines Präsenzdienstes in der Karlskaserne verwöhnt hatte: Putzen des Sturmgewehrs nach Dienstschluss mit Kontrolle um 20 Uhr, Ausgangsverbot[56], Ausgangsverbot am Wochenende, KvT[57], SamSonn[58] und Ordnungshaft. Letztere bedeutete, dass man als freier, unbescholtener Staatsbürger für zwei, drei oder vier Tage in eine Minizelle mit wenig Tageslicht gesperrt wurde, ohne Fernseher, Radio, Bücher oder Telefon. Als Lektüre waren die Allgemeine Dienstvorschrift des Bundesheeres sowie die Bibel erlaubt. Während so einer viertägigen Klausur, zu der mir der stets aufrechte, aber nichtsdestoweniger zwergwüchsige Vizeleutnant Haas verholfen hatte, beschäftigte ich mich intensiv mit den Texten der Bibel. Vor allem mit den Kapiteln des Alten Testaments, in denen es um Mord und Totschlag geht.

Ja, der Vizeleutnant Haas …

Der hat's mit mir wahrlich nicht leicht gehabt. Um ihn zu ärgern, bin ich immer zehn Minuten vorm Antreten zur morgendlichen Standeskontrolle im Bademantel an ihm vorbeigeschlapft, während alle anderen schon voll adjustiert aufs Antreten vorm Kompaniegebäude warteten. Das zog schließlich – nachdem er mehrmals versucht hatte, meinen morgend-

---

56   … während alle anderen nach der abendlichen Befehlsausgabe die Karlskaserne verlassen durften und erst um Mitternacht wieder zurück sein mussten; ich verbrachte somit mutterseelenallein zahllose stille Abende in dem hässlichen Gebäude.

57   Korporal vom Tag. Ein 24-Stunden-Dienst, bei dem man die Kompaniekanzlei bewachen und dem Spieß sowie allen anderen Ausbildnern zu Diensten sein musste.

58   KvT von Samstagmittag 12 Uhr bis Sonntagmittag 12 Uhr. Damit war das ganze Wochenende im Arsch.

lichen Auftritt zu ignorieren– einen Haas'schen Brüllanfall nach sich sowie den Befehl, nach der Standeskontrolle zum Rapport in der Kompaniekanzlei zu erscheinen. Als ich vor seinem Schreibtisch Haltung angenommen hatte, kam ein weiterer Tobsuchtsanfall, den ich mit stoischer Miene über mich ergehen ließ. Nach Beendigung der Brüllorgie holte Haas tief Luft und fuhr mit leiser Stimme fort:

„Wissen Sie, wer vor einigen Jahren hier vor meinem Schreibtisch gestanden ist?"

„Nein, Herr Vizeleutnant."

„Der Wolfgang Ambros …"

Ich verzog keine Miene.

„Und wissen Sie, was er da getan hat?"

„Nein, Herr Vizeleutnant."

Haas wurde wieder rot im Gesicht und schrie:

„Geweint hat er. Hier vor meinem Schreibtisch. Vor mir!"

In welcher Verfassung ich anschließend die Kompaniekanzlei verlassen hatte, weiß ich nicht mehr. Ich kann mich nur an eines erinnern: Infolge eines mühsam unterdrückten Lachkrampfs hatte ich ebenfalls Tränen in den Augen.

Auch sonst hatte der Herr Vizeleutnant ein Talent zum Komiker. Seine angeborene Vis comica bescherte mir die Sternstunde meines viermonatigen Aufenthalts in der Karlskaserne. Man muss wissen, dass dieser Kasernenhof an drei Seiten von hohen Gebäuden umgeben war, in denen insgesamt vier Kompanien untergebracht waren. Sie alle traten täglich um halb acht in Reih und Glied zur Standeskontrolle an. Dann erschallte viermal hintereinander der Befehl „Habt Acht!" Er hallte wunderbar schaurig über den Kasernenhof. Danach stolzierten die Unteroffiziere die Stiegen der Kompaniegebäude hinunter. Als Letzter kam immer der dienstführende Spieß, in unserem Fall der Vizeleutnant Haas. Einen Augenblick lang herrschte Stille, bevor der Kompaniekommandant erschien, dem der jeweilige

Spieß lauthals meldete, dass die Kompanie vollständig angetreten war. Eines eisigen Wintermorgens, an dem die Sonne als blutrote Kugel aufging, die Kompanien im Hof der Karlskarserne angetreten waren und stillstanden, platzte dem Vizeleutnant Haas plötzlich der Kragen und er brüllte:

„ICH BIN KEIN ARSCHLECKER!!!"

Damit war an jenem Morgen das Eis gebrochen, und aus Hunderten Soldatenkehlen dröhnte schallendes Gelächter. Nicht nur die Soldaten, sondern auch die Unteroffiziere und Offiziere bogen sich vor Lachen. Grund für den Haas'schen Tobsuchtsanfall war, dass in der Nacht zuvor jemand auf die große Landkarte, die neben der Kompaniekanzlei hing, „Haas du Arschlecker" gekritzelt hatte.

Seit diesem Tag verabscheue ich das Wort „lecker". Immer, wenn ich es höre, fällt mir Haas der Arschlecker ein. Eine wahrlich unappetitliche Assoziation.

Der Hundstrümmerl-Zertrümmerer

Unlängst am Abend hab ich die Chwapostal beobachtet, wie sie mit ihrem Schnuckiputzi vors Haus gegangen ist und gesagt hat:

„Da, da, Schnuckiputzi, da machst her! So wie immer, schön ins Rinnsal … dorthin, wo schon die andern Bemmerln[59] von dir liegen … jaaa … so is braaav …"

Plötzlich sprang ein Kerl herbei und störte Schnuckiputzi bei der Verrichtung ihres Geschäfts. Mit einem kleinen silbernen Hammer schlug er auf die herumliegenden harten Bemmerln ein, bis sich diese in Wohlgefallen – sprich Staub – aufgelöst hatten.

„Hern S', wos mochen S' denn do? San S' narrisch?"

„MA 48[60], Hundstrümmerl-Zertrümmerer. Das waren sieben Bemmerln, das Bemmerl zu 39 Euro, macht 273 Euro. Zahlen Sie's gleich oder mit Erlagschein? Bei einem Erlagschein brauch ich einen Ausweis, gell?"

„An Ausweis wollen S'? A Fotzn[61] kriagn S'!"

Ohne zu zögern schlug die Chwapostal mit ihrer dicken Handtasche mehrmals auf den Kopf des Magistratsbeamten ein. Der Mann schwankte, wäre aber nicht hingefallen, wenn sich Schnuckiputzi nicht in sein Hosenbein verbissen und an diesem heftig gezerrt hätte. So kam es zum Sturz des Magistratlers in die Gosse, wobei sein Schädel am Kanaldeckel aufschlug. Kaum lag er da, nahm die Chwapostal – ich hab meinen Augen nicht getraut – dem Bewusstlosen den silbernen Hammer ab und verschwand hinter der massiven Haustür des Gründerzeithauses, in dem sie seit Jahrzehnten wohnte. Ich fragte mich: Was hat die Alte mit dem Silberhämmerchen vor?

---

59   kleines Stück Tierkot
60   Magistratsabteilung 48, zuständig für Abfallwirtschaft und Straßenreinigung
61   Ohrfeige

Das beobachtete Geschehen ließ mir keine Ruhe. Ein paar Tage später bin ich dann zu ihr rauf und habe angeläutet.

„Jaaa, bitte?"

„Ich bin's Frau Chwapostal! Grüssie! A kurze Frage: Sagen S', warum haben Sie unlängst am Abend das Silberhämmerchen von dem Hundstrümmerl-Zertrümmerer mitgehen lassen?"

„Was? Was …?"

Die Chwapostal sah mich böse an und knurrte schließlich: „Ham S' mich also beobachtet. Sie Kuckuck, Sie!"

„Ich möchte nur wissen …"

„Nix da. Wissen macht Kopfweh."

„… ich möchte nur wissen, wozu Sie des brauchen. Das raubt mir den Schlaf. Sogar bis in meine Träume verfolgt mich das silberne Hämmerchen."

„So, so, den Schlaf raubt's Ihnen. Dabei ist ein guter Schlaf wichtig und gesund. Na gut, ich verrat's Ihnen. Schaun S', das Silberhämmerchen passt so schön zu den Silberlöffeln von meinem Teeservice. Mit ihm zertrümmer' ich jetzt den Kandiszucker, den ich meinen Gästen zum Tee servier'. Wollen S' vielleicht a Schalerl Tee?"

„Gern. Aber ohne Kandiszucker."

Der Schrebergarten-Sigi

Ich, der Schrebergarten-Sigi, hocke da. Über mir schwirrt ein Polizeihubschrauber, und in meinem Kopf schwirrt dieser alte Song umadum „Beware, beware, beware of the naked man …" Er geht ma net und net aus dem Schädel. Mir Staudenhocker. Ja, ich hocke in einer Thujenstaude. Sie und rund hundert weitere Stauden frieden diesen Schrebergarten ein. Grüne Wand. Zwei Meter hoch. Zwei Meter breit. Ideal zum Einbrechen. Trotzdem ist jetzt die Kiberei[62] da. Die Staude, in der ich sitze, befindet sich im Eck des Schrebergartens. Davor ein Biotop. Circa 30 bis 50 Zentimeter tief. Woher ich das weiß? Na, weil ich durchgewatet bin. Warum? Darum! Wegen dem Suchhund. Da! Da bellt er schon. Ob das wieder das Hurenviech namens Cantor ist? Der hat mich vor zwei Jahren schon einmal aufgestöbert. Ein belgischer Schäfer. Eine Bestie mit Superrüssel. Das Viech sollte nach Frankreich gehen und dort Parfums testen …

Geh bitte! Jetzt kommen s' näher. Sehen können s' mich in der Nacht nicht, dazu ist die Staude zu dicht. Aber erschnüffeln? Hoffentlich ist das Biotop wasserdicht. Hoffentlich schirmt es meine Spur wasserdicht ab. Dass das Hundsviech net weiter weiß. Jössas na, jetzt ist er beim Wasser! Er schnüffelt und hechelt ganz aufgeregt.

„Heast, der Cantor hot die Spur verlurn! Der steht da bei dem deppat'n Biotop umadum."
    „Glaubst is der Gesuchte durchs Biotop durch?"
    „Geh! Bei der Ködn[63] …"

„In the middle of a cold, cold night …"

---

62   Polizei
63   Kälte

Der Kiberer hat recht. Kalt is! Langsam aber sicher frieren mir die Zecherln[64] ein. Also: Schleicht's euch, G'schmierte[65]! Damit ich aus der Staudn endlich ausse kann. Dass ich mich bewegen kann. Weil eiskalt nasse Schläuch[66] und ka Bewegung is gar net guat. Da hol i ma am End noch Erfrierungen.

„Also i steig net eine, ins Wossa."

„I a net, Frau Kollegin! Und der Cantor schon gar net. Der is nämlich wasserscheu."

„G'scheiter Hund."

„Also, was tua ma?"

„Nix. Gemma z'ruck und schreib ma in den Bericht: Spur verfolgt, aber leider verloren."

Bitte, danke! Haut's euch über die Häuser. Und wie schaut's oben aus? Auch guat, weil sich der Hubschrauber g'schrauft[67] hat. Endlich, endlich kann i da ausse aus der Staudn.

„Beware, beware, beware of the naked man …"

Meine Zecherln! Meine Zecherln! Ich glaub, die frieren ma ab. So a Schaß! Ich muaß endlich irgendwo ins Warme. Sozusagen meine Zecherln ins Trockene bringen.

Jö, a alleinstehendes Einfamilienhaus. Links a schmales Gasserl, rechts a G'stättn. Alles dunkel. Kana daham? Das Schloss des Gartentürls? Kein Problem. A bisserl mit dem Dietrich stirln und klick, klack, schon ist das Türl offen und ich bin drinnen im Garten. Schnell die Stiegen auffe zur Eingangstür. Aua. Meine Zecherln! Scheißwinter, eisiger! Das Schloss der Eingangstür? A ka wirkliches Problem. Ausse mit meinem

---

64   Zehen
65   Polizisten
66   Füße
67   verschwinden

Bund von Nachschlüsseln und Dietrichen. Oasch! Meine Finger san ganz koid und steif.

„On the coldest night of the year …“

Der da, der könnt passn. Na und? Geh eine! Nix? Scheiße! Wart, aber der. Der is es. Meine Finger sind schon ganz eing'frorn. Na komm, komm schon. Sind keine Haar drauf auf dem Schloss. Drum schlupft er net eine. Aber wart nur, der, der dritte ist es. Alle guten Dinge sind drei, und schwuppdiwupp, drin is er, gnä' Frau. Na hallo? Das Schloss is ja gar net zuag'sperrt, nur eing'schnappt. Küss die Hand, die Herrschaften, ich, der Schrebergarten-Sigi, sag dankeschön. Die Tür fällt ins Schloss, und i bin drinnen im Warmen. Als Erstes ausse aus de nassn Böck[68].

„Beware, beware, beware of the naked man …“

Die nassen Socken, die Gfraster[69], picken[70] auf der Haut. So! Einer is herunter, jetzt der Nächste. Na geh schon, du Sau … na endlich! Wart, was hängt denn da an der Garderobe? A Seidenschal? Leiwand[71]! Da setz ma uns jetzt nieder und trocknen uns mit dem Seidenschal die Fiaß ab. Ah, das tuat guat. Seide is jo so g'schmeidig. Vielleicht sollt i ma das nächste Mal Seidensocken kaufen? Net immer so a Klumpert[72] aus Frottee. Ah, die Herrschaften haben Teppiche ausg'legt. Angenehm. Das Wohnzimmer is schön groß. Licht mach i lieber keines. Wer weiß … die Nachbarn. Schau ma amal in die Kuchl[73]. I werd mir einen Tee kochen. Mit vü Rum. Oder von mir aus a mit vü

---

68 Schuhe
69 in diesem Fall: wertlose Sachen
70 kleben
71 großartig
72 wertloses Zeug
73 Küche

Weinbrand. Weil die Wärme in dem Haus muss ich auch ver-
innerlichen. So, jetzt steh ich vor der Kuchl. Hoppla, die Tür is
zua! Na, mach ma's auf. So, vorsichtig … vorsichtig … Ah, da
is da Herd, Gasherd mit eingebautem Zündmechanismus.
Mach ma a Flamme … Klick, klack. Was sehen meine Augen?
Da liegt auf einem Holzbrettl a Trumm[74] Speckseitn[75]. Hab ich
einen Flamoh[76]! Zuerst stell ich den Wasserkessel auf die
Flamme und dann such ich a Messer. Ah, in der Lade sind die
Messer … ja a schönes, großes, scharfes werd ich mir nehmen.
Jawohl. Und der Speck mmmh … ein Gedicht! Halt! Ein Geräusch! Ich dreh mich um, vor mir ein alter Mann. Einmal
zweimal dreimal stech ich zu. Bis er endlich am Boden liegt
und sich nimmer bewegt. So was, stört der unsereiner beim
Abendessen. Aber das tuat der da nie wieder. Nie wieder. So da,
das Wasser im Teekessel blubbert, ich gieß den Tee auf. Scheiße, meine Hände sind ganz blutig. Und das Messer auch. Muss
ich waschen. Wasser, Seife, Schaum. Das pickt und zaht[77] sich.
Blut wascht man mit kaltem Wasser ab. Kalt geht's gleich viel
besser. So da, das Messer ist auch wieder sauber … Ma, der
Speck ist ein Gedicht! Und der Tee mit Rum dazu … Wunderbar! Jetzt wird mir endlich von innen warm. Schön ist es da, in
dem Haus. Schön warm, zu essen gibt's auch, Getränke sowieso. Na da könnt ich ja heut übernachten. Ui … der Boden is
ganz rutschig … warm und ein bisserl pickig … Wie wenn wer
Marmelade verschütt hätt, am Boden. Das is aber ka Marmelade, sondern Bluat. I steh bloßhapert[78] im Bluat umadum. Mir
wird schlecht … Wo is des Klo? Des Klo … des Klo …

Endlich. I brauch a Licht! Wo is der Scheißlichtschalter? Do?
Do? Na do! Licht! So … jetzt is er vorbei, der Würgereiz. Schau

---

74   großes Stück
75   Speckscheibe
76   Hunger
77   zieht
78   bloßfüßig

an! Das is da Badezimmer und Klo in einem. Na ja … wenn i schon im Bad bin, werd i mir die Füße waschen. Das Bluat pickt so grauslich zwischen den Zehen. Wäh! So da, da ist die Brause. Wasser marsch! Uiii, is das kalt! Aber der Durchlauferhitzer is eh schon ang'sprungen. Vielleicht sollt i mich ganz nackert ausziehn und warm duschen? Leiwande Idee! So … zuerst Zecherln abwaschen … ah, das Wasser wird schon wärmer … ausse aus der Duschtasse, raus aus der Hose, Unterhose, Leiberl, Pullover und hinein ins Duschvergnügen! Ah, is des guat! Ah! Aber was is das? Draußen im Vorzimmer brennt plötzlich Licht! Scheiße, Dusche abdrehen, Licht aus …

„Schau! Da war wer do!"
  „Wer soll schon da g'wesen sein?"
  „Na da stehen nasse Schuach. Und Socken …"
  „Scheiße, und i hab glaubt das Haus steht leer."
  „Was tuast denn mit der Pistole?"
  „Was glaubst?"
  „Willst wen umbringen?"
  „Willst vom Hausbesitzer überrascht werden?"

Ich, der Schrebergarten-Sigi, hör das und schlupf, nackert wie ich bin, ausse aus dem Badezimmer und husche zur Treppe, die in den ersten Stock führt. Leise, leise, leise schleich ich die Stiege rauf, wobei die Stufen verräterisch knarren.

„So a Schaas, da liegt aner!"
  „Du, der is tot."
  „Das seh i!"
  „Und am Gasherd brennt des Gas."
  „Lass brennan …"
  „Is des net g'fährlich?"
  „Schon …"
  „I drah's ab."

„Wart! Eigentlich sollt ma das Haus abfackeln."

„Wieso?"

„Na weil's dann kane Spurn gibt. Von uns net, und a von dem Vogel net, der was vor uns da einbrochen hat. So a Schaas! Wir brechen in ein Haus ein, in das schon einbrochen worden is und in dem a Leich liegt. Wenn die Kiberer hier unsere Fingerabdrücke finden, hängen s' uns glatt den Mord an."

„I hol an Wundbenzin aus der Hausapothek'n!"

„I schneid inzwischen die Polsterung von der Sitzgarnitur auf. Kunststoffpolsterung, leiwand, des brennt wie Zunder. So da! Jetzt reiß ma noch das Fenster auf, damit das Feuer a bisserl a Luft bekommt …"

„Da, fast a ganzes Flascherl Wundbenzin …"

„Her damit! Zünd die Küchenrolle am Herd an. Wart, a paar Tropfen Wundbenzin drauf und gemma."

„Hearst, die Küchenrolle brennt wie a Fackel!"

„Da hau s' auf die Leiche drauf!"

„Wusch! Mit dem Benzin brennt die Leich richtig leiwand."

„Kumm, schnell weg do!"

Ich versteck mich. Oben in einem Kleiderschrank, ganz hinten. Hinter Stoffballen. I schepper[79] am ganzen Leib. Wenn mich die zwei Pülcher[80] dawischn, blasn s' mir das Licht aus. Hoffentlich schaun s' in das Eck von dem Kasten net so genau. Zum Glück ham s' kan Suchhund. Kan Cantor. I muass aufhör'n zu zittern. Das macht Geräusche. Ganz ruhig, Sigi, ganz ruhig. Wie hat mei Mama immer g'sagt? Brauchst dich nicht fürchten Sigi … brauchst dich nicht fürchten. Und dann is mein Vater blunznfett[81] hamkumman und hat zuerst sie und dann mich g'schwartelt[82].

---

79   zittern
80   Gauner, zwielichtige Person
81   sturzbetrunken
82   verprügeln

„Beware, beware, beware of he naked man …"

Sirenengeheul. Schwere Dieselmotoren. Beißender Rauch. Muss eingeschlafen sein. Husten. Keine Luft. Raus aus meinem Versteck. Scheiße! Rauch nur Rauch. Zum Fenster. Wo is das Fenster? Da steht a Bett. Ich brauch a Fenster! Da das Nachtkastl. Fenster … Fenster … Endlich, aufreißen. Innenflügel, dann Außenflügel. Luuuuuft! Blaulichter. Feuerwehr. Polizei. Dichter, schwarzer Rauch, Funken sprühen. Scheiße. Vorsichtig klettere ich durchs Fenster raus und über den Wandsims aufs Dach. Unten kämpfen die Feuerwehrleute mit den Flammen. Um mich herum Rauchschwaden. Keiner sieht mich. Wie ein Eichkatzerl spring ich auf den Nachbarbaum. Eine Fichte. Autsch, die Nadeln stechen auf der Haut.

„Beware, beware, beware of the naked man …"

Ich klettere den Baum runter. Niemand nimmt Notiz von mir.
    Ich schleich mich die Büsche entlang. Vor mir gaffende Nachbarn. Eine ältere Dame hat über Nachthemd und Wintermantel ihre Handtasche gehängt.

„She look up and scream, for the lamplight's beam, there stood the famous naked man."

Ich schnapp mir ihre Handtasche und renn zu dem leeren Polizeiwagen. Eingeschaltetes Blaulicht. Schlüssel steckt. Starten, Kupplung, erste hinein und Gaaaas! Zweite, Gaaas! Dritte, Gaaas! Und es geht dahin mit Blaulicht. Jetzt die vierte und Gaaas! Leiwand! Trotz der Kälte ist mir, dem Schrebergarten-Sigi, jetzt ganz heiß geworden. Jö, da liegt ja a Polizeikapperl am Beifahrersitz. Das setz ich mir sofort auf. Damit ich wenigstens ein bisserl angezogen bin. Das müsst echt fesch ausschauen. Wart, ich schau mich einmal im Spiegel an, wozu hat man einen Rückspiegel? Den dreh ich zu mir und – leiwand, extraklasse, pipifein! A nackerter Kiberer mit Amtskappl! Ich kann mich gar nimmer losreißen von dem Anblick … Scheiße, a Kurven! Oaaaaaaaasch …

Der Kiberer vor mir verdreht die Augen. Fahles, kaltes Licht. Verhörraum. Alles tut mir weh. Der Kiberer vis-à-vis spricht betont langsam:
„Also noch einmal … von Anfang an: Weeer bist du? Wiiie heißt du?"
Ich hab grässliches Schädelweh. Und dauernd dröhnt dieser Song durch meinen Kopf.

„Beware, beware, beware of the naked man …"

Ich stammle leise:
„The naked man …"
Der Kiberer beugt sich vor und brüllt mich mit einer grauenhaften Mundgeruchswolke an:
„G'schissener, red Deitsch mit mir!"
Ich zucke zusammen, krieche unter den Tisch.
Der Kiberer, nun wieder sehr beherrscht:
„Komm. Komm aufe da! Setz di wieder wie a normaler Mensch her …"
Er will mich raufziehen, ich mach mich schwer. Bleibe liegen. Die Tür geht auf, ein zweiter Kiberer tritt ein und sagt:
„Mir ham ihn g'funden im System. A alter Bekannter. Siegfried Nimmrichter. Spitzname: Der Schrebergarten-Sigi."
Er bückt sich zu mir runter und sagt freundlich:
„Komm Sigi, steh auf! Mach ka Theater."
Ich murmle nur:

„Beware, beware, beware of the naked man."

Mein Kopf dröhnt, ich stöhne.

„Wieso Schrebergarten-Sigi?", fragt der erste den zweiten Kiberer.

„Na weil er in seim Leben in über hundert Schrebergärten einbrochen is."

„Wir ham eam auch in an Schrebergartn g'schnappt. Völlig unterkühlt. Der is nackert in einer Thujenhecke gehockt."

„Ja, ja, die Schrebergärtn, die hams ihm angetan. Wanns ihm in einem Schrebergartenhaus besonders g'fallen hat, hat er dort eing'heizt, gekocht, gebadet. Sich wie der Hausherr aufg'spielt. Diesmal ham ihn die Kollegen aus der Badewanne aufgescheucht. Da is er raus und dann nackert davong'laufen ..."

„Nackert?"

„Ja, wieso?"

„Weil er murmelt dauernd was von einem naked man ..."

„Ka Wunder. Der wär ja fast erfroren. Aber der Hundeführer war so vif und ist mit seinem Suchhund von der Mascheksei-te[83], vom Nachbargarten, zuwe zu dem Eck, wo der Hund vorher die Spur verloren hat. Na und was soll ich dir sagen? Da haben s' ihn dann g'funden, den Staudnhocker. In einer Thuje. Der war schon fast hinüber. Starke Erfrierungen."

Plötzlich Bilder in meinem Kopf. Kein Haus, kein Rauch, kein Feuer. Auch kein warmes Blut, kein Tee mit Rum, kein Speck. Kein Garnix. Nur Kälte, Kälte, Kälte. Und plötzlich dröhnt es in meinem Kopf ganz laut, dass ich mich wimmernd zusammenkrümme und zu heulen anfange, während es hämmert:

„Won't nobody help a naked man? Won't nobody help a naked man?"

---

83 von der Rückseite

Der Besuch

An der Wohnungstür klingelt es. Vorerst keine Reaktion. Neuerliches Klingeln. Dann Geräusche. Rascheln, knarren, ächzen. Das Tappen eines Gehstocks am Boden. Eine Stimme ruft leise: „I komm schon."

Die alte Frau stützt sich auf ihre Gehhilfe, hält sich an Möbelstücken fest, an denen sie vorbeischlurft, und gelangt schließlich vor Anstrengung schnaufend zur Tür.

Wieder klingelt es.

Ein Türschloss wird aufgesperrt. Dann noch eines. Eine mit Altersflecken übersäte Hand öffnet einen Spalt breit. So weit, bis die innen an der Tür angebrachte Kette ein weiteres Öffnen blockiert. Ein von unzähligen Falten umgebenes Auge blinzelt durch die Öffnung. Dann ein strahlendes Lächeln.

„Na, das is a Überraschung. Dass du wieder einmal vorbei schaust …"

Die Tür wird zugemacht. Das Entriegeln der Kette ist zu vernehmen. Dann wird die Tür langsam geöffnet. Die alte Frau beginnt zu strahlen und umarmt die Besucherin. Dann schließt sie die mit zwei Sicherheitsschlössern versehene Tür zu, hängt sich bei der alten Dame ein und geht mit ihr in die Küche, um ein Kaffeetscherl zu machen. Während die Besucherin die Kaffeemaschine befüllt und aus der Küchenkredenz das Kaffeeservice herausnimmt, kramt die Alte aus dem Brotkasten eine in Cellophan verpackte Roulade hervor. Mit zittriger Stimme sagt sie:

„Die ist frisch. Die hat mir die Haushaltshilfe gestern gebracht …"

Die Besucherin wirft einen Blick auf das Ablaufdatum der Roulade, nickt und sagt:

„Ja, ganz frisch."

Sie trägt das Kaffeeservice ins Wohnzimmer, kommt in die Küche zurück und betrachtet mit prüfendem Blick die herrschende Unordnung. Kaffeehäferln mit eingetrockneten Rändern stapeln sich in der Abwasch, daneben stehen die leeren Warmhalteschachteln von „Essen auf Rädern". Eine Fliege surrt um Reste eines Paprikahendls – es kann auch ein Kalbsgulasch gewesen sein. Die Besucherin wendet sich von dem herumstehenden Zeug ab und fragt:

„Mamale, hast Kuchenmesser?"

Die alte Frau nickt und deutet auf eine Lade, die sich im Küchentisch befindet.

„Ich freu mich so, dass d' mich nicht vergessen hast. Bist jetzt wieder die ganze Zeit über in Wien?"

„Ja, ganze Zeit."

Wieder huscht ein Lächeln über das runzelige Gesicht.

„Na dann kannst mich ja wieder öfters besuchen kommen …"

Die Besucherin runzelt die Stirn und verzieht den Mund. Sie kramt in der Esstischlade, in der sich unterschiedlichstes Kochgerät befindet, bis sie schließlich das Messer gefunden hat. Sie trägt es gemeinsam mit der Roulade, die sie auf einem Tortenteller platziert, ins Esszimmer. Dann holt sie die gläserne Kaffeekanne, in der sich inzwischen herrlich duftender Kaffee befindet, und gießt der alten Dame und sich selbst ein. Ihre warme Hand wird von der kalten Hand der Alten berührt, und sie hört sie sagen:

„Schön ist das, dass d' wieder da bist. Früher hamma auch immer miteinand' Kaffee getrunken."

Doch plötzlich erlischt das Lächeln im Gesicht der alten Frau. Sie schaut erstaunt und dann erschrocken, als das Kuchenmesser auf sie zurast. Beim Einstich in ihre pergamentartige Haut presst sie mehrmals ein lautes Stöhnen aus sich heraus. Nach dem dritten Stich rutscht sie vom Sessel, fällt zu Boden und krümmt sich zusammen. Sie wird wird leiser, die Blutlache am Boden größer. Die Besucherin steht neben ihr, starrt auf sie hinunter und lässt dann das Messer fallen. Sie begibt sich ins Schlafzimmer, öffnet den nussholzfurnierten Bieder-

meierschrank und beginnt, zwischen den säuberlich einge-
schlichteten Wäschestapeln zu wühlen. Bis sie schließlich das
findet, weshalb sie hergekommen ist. Ein schmales Bündel
Geldscheine und Sparbücher, von einem Gummiringerl zu-
sammengehalten.

Zurück im Esszimmer stellt sie fest, dass die Alte leise wimmernd durchs Zimmer zu kriechen versucht. Die Besucherin
weicht der breiten Blutspur aus und verlässt die Wohnung so,
wie sie gekommen ist: grußlos.

Groschenroman

Vor vielen Jahren, als es mir noch Freude bereitete, nächtens durch die Lokale von Wiens Innenstadt zu ziehen, war ich, wenn ich die Nacht nicht durchmachen wollte, bemüht, die letzte Straßenbahn der Linie 62, die um 0:35 Uhr von der Oper aus an die südwestliche Peripherie führte, zu erreichen. Das war mir ein Ritual geworden, und bis auf wenige Ausnahmen erreichte ich diese letzte, mit einem blauen Schild versehene Tramway-Garnitur immer. Es war wie eine Endlosschleife. Wie die immer wiederkehrende Szene aus dem Film „Und täglich grüßt das Murmeltier": Mehr oder weniger betrunken taumelte ich durch die Stadt zum Opernring. Wenn ich das Operngebäude erreicht hatte, fixierte mein Blick die hell leuchtende städtische Uhr, die sich neben der Kreuzung Opernring und Operngasse befand. Wenn sie anzeigte, dass ich noch zehn Minuten Zeit hatte, entspannte sich mein Schritt. War es bereits halb eins, verfiel ich in einen zügigeren Trab. Denn mir war klar, dass der Tramwayfahrer – damals gab es noch keine Fahrerinnen – eher um 0:34 Uhr als um 0:36 Uhr aus der Station abfahren würde. Schließlich dauerte die letzte Fahrt des 62ers bis zur Endstation, die um diese Uhrzeit nicht die Wolkersbergenstraße, sondern mehrere Stationen stadteinwärts liegende Speisinger Straßenbahnremise war, rund 40 Minuten. Und der Fahrer wollte um 0:35 Uhr dasselbe wie ich auch: heimkommen und schlafen gehen.

In einer denkwürdigen Nacht – ich erinnere mich nicht mehr, ob ich den Weg von der Oper aus in entspanntem Spazierschritt oder in hektischem Trab zurückgelegt hatte – stieg ich in die wie immer gähnend leere Straßenbahngarnitur ein. Ich suchte mir einen gemütlichen Sitzplatz, lehnte mich gegen die Fensterscheibe, und als sich der 62er mit einem kräftigen Ruck in Bewegung setzte, registrierte ich mit großer Zufriedenheit, dass ich es wieder einmal rechtzeitig geschafft hatte.

Meine nächste Erinnerung ist, dass ich irgendwo auf der Stre-
cke, es muss beim Gaudenzdorfer Gürtel gewesen sein, aus
einer beginnenden Tiefschlafphase erwachte. Zu meiner Überraschung saß jetzt schräg vor mir jenseits des Mittelganges eine
alte Frau, die einen Groschenroman las. Meine Schläfrigkeit
wollte mich gerade wieder übermannen, als ich sah, dass die
Leserin den Zeigefinger in ihr rechtes Nasenloch rammte und
mit großer Hingabe herumzubohren begann. Dies tat sie sowohl unbekümmert als auch ungeniert, so als würde sie mit
ihrem Groschenroman daheim im Fauteuil sitzen. Ich starrte
mit einer Mischung aus Ekel und Faszination zu ihr hinüber.
Sie mochte um die Siebzig gewesen sein, trug eine graue, etwas
verfilzt wirkende Jacke, die zu ihrem grauen, etwas verfilzt wir-
kenden Haar passte. Dazu ein farbloser Rock, nicht mehr ganz
saubere Strümpfe und orthopädische Schuhe, die nicht geputzt
waren. Alles in allem umgab sie eine Aura der Verwahrlosung
und Einsamkeit. In der mit kaltem Neonlicht ausgeleuchteten
Wirklichkeit des menschenleeren Straßenbahnabteils wirkte
sie seltsam entrückt. Voll konzentriert schien sie in die Welt
des Groschenromans abgetaucht zu sein und hatte alles um
sich herum vergessen. Sie erinnerte mich an meine bereits seit
etlichen Jahren verstorbene Großmutter, die ebenfalls leiden-
schaftlich gern Groschenromane las und bezüglich ihres äuße-
ren Erscheinungsbildes nachlässig geworden war. Nur eines tat
sie nicht: in der Nase bohren. Im Gegenteil – wann immer ich
als Kind die Kavernen meiner Nasenhöhle mit dem Zeigefinger erforschte, ermahnte sie mich mit ihrem Lieblingsspruch:
„Wenn du oben bist, schreib mir eine Ansichtskarte!"

Aus meinen Erinnerungen an die Oma wurde ich jäh gerissen,
als die alte Frau ihren Zeigefinger aus dem Nasenloch zog und
ich entdeckte, dass sie massiv Nagelpilz hatte. Den hatte meine
Oma nicht, dachte ich, und leichter Ekel stieg in mir auf. Doch
das war erst der Anfang. Weil der Groschenroman spannend

zu sein schien, bohrte sie nicht nur wie besessen in der Nase herum, sondern griff sich plötzlich mit ihren Nagelpilzfingern in den Mund und holte ihr Gebiss heraus. Das hätte meine Oma bei Gott nie getan, obwohl auch sie so ein Gebiss hatte.

Die Garnitur der Straßenbahn rumpelte durch die Straßen, und ich wandte meinen Blick von der Frau ab. Denn der Alkohol in meinem Magen schwappte wild umher und deutete an, dass er vielleicht doch nicht dort unten bleiben wollte. Um dies zu vermeiden, schmiegte ich mich an die kalte Fensterscheibe, starrte in die Nacht hinaus und nickte wieder ein.

„Betriebsbahnhof Speising. Endstelle. Bitte alles aussteigen! Endstation! Alles aussteigen!"

Von der müde und grantig klingenden Stimme des Fahrers geweckt rappelte ich mich von meinem Sitz auf, schwankte zur nächsten Tramwaytür und kletterte die beiden Stufen hinunter auf die Straße. Die Tür schloss sich hinter mir, die Straßenbahn fuhr weiter.

Wo ist eigentlich die alte Frau, fragte ich mich. Sie stand weder neben mir auf der Straße noch saß sie in dem langsam in die Remise einbiegenden Zug. Ich gähnte ausgiebig, streckte mich und rieb mir die Augen. Aber die Frau blieb verschwunden.

Als ich nach zwanzigminütigem Fußmarsch endlich daheim angekommen war, hatte mit dem Gehen durch die kalte Nacht ein Ausnüchterungsprozess eingesetzt, sodass ich wieder einigermaßen bei Sinnen war. Aus dem Kopf ging mir die Begegnung mit der alten Frau aber nicht. Also packte ich meine Kofferschreibmaschine aus, spannte Papier ein und begann zu tippen:

Unser Leben ist wie ein Groschenroman
    und es gleicht einer Fahrt mit der Straßenbahn.
    Es ist zäh wie der Kaugummi in meinem Mund.
    Zu viel Kaugummi kauen das ist ungesund.

Lehrstunde

Was hat er g'sagt? Alter Schneebrunzer hat er g'sagt? Naa, das lass i mir von der Rotzpipn net g'fallen. Schneebrunzer! Der depperte Jungtutter. Der Fetzenschädl der. Was glaubt er denn, wer er ist? Schimpft mi an alten Schneebrunzer und haut mir die Tür vor der Nasn zu. Naa! Des lass i mir net g'fallen. Das hat a Nachspiel. Der wird schön schaun, der Hosenscheißer. Der war er noch in Abrahams Wurstkessel, wie i schon g'hackelt und mein eigenes Geld verdient hab. Wie i mein Führerschein g'macht hab, hat der Lausbua noch in die Windel g'schissen. Ohne Hirn und ohne Manieren is der 41 Jahre alt geworden und glaubt jetzt, dass er mi sekkieren und beleidigen derf. I mit meinen 68 Jahren könnt sein Vater sein. Früher einmal hätt i den ums Bier g'schickt. Aber heut is alles anders. Heut glauben die kleinen Wixer, dass sie die Weisheit mitm Löffel g'fressen ham und das sie sich nix mehr sagen lassen brauchen. Von niemandem. In meiner Jugend hast als Jungspritzer die Gosch'n halten müssen, wenn a Erwachsener was geredet hat. Heut reißen die Burlis mit die Gummiurlis die Papp'n auf, obwohls ka Ahnung vom Tuten und Blasen haben. Solang s' das nur im Internet machen, is ma des eh wurscht. Aber mir gegenüber haben s' die Papp'n zu halten. Und weil mei Nachbar, der kleine Hosenscheißer, das net zur Kenntnis nehmen will, is ma der Geduldsfaden g'rissen. Jetzt hat er ausg'schissen. Haha … des reimt sich sogar. Net schlecht gell? Für mein Alter bin i noch ganz gut unterwegs. I werd dem blödn Rotzer a Nachhilfestunde in gutem Benehmen verpassen. Dafür hab i einen Nachhilfelehrer bestellt. Im Internet, weil da kriegst heutzutag alles. Mit diesem Erziehungsbevollmächtigten werd i ihn Mores lehren. I wart nur drauf, dass es an der Tür läutet und i des Packl bekomm. Wann der Lehrbehelf da ist, dann spielt's Granada. Dann heißt's aufmucken – Bluat spucken. Weitermucken? Weiterspucken! So lang bis er nach der Mama schreit. Des goscherte G'frastsackl des.

Hat's da an der Tür geläutet? I schau nach. Na bitte! Traritrara, die Post ist da. Und i bekomm mein Packl. I hab ganz feuchte Finger, wie i des Packl aufreiß. Jawohl! Da is es, mein Lehrmittel. Wunderschön is es. Eigentlich viel zu schön für den Halawachl von nebenan. Aber was sein muss, muss sein.

So da. Ich hab bei ihm angeläutet, aber nix rührt sich in seiner Wohnung. Schlaft er noch, der G'schissene? Sturmläuten. Ich werd ihn aufwecken. Mit einer Guten-Morgen-Überraschung. Was heißt da Morgen? Es ist eh schon zehne. Zehn Uhr vormittags! Jetzt heißt es raus aus den Federn und ab auf die Schulbank! Es wird Zeit, dass der Burli endlich was lernt. Da! I hör Geräusche drinnen in seiner Wohnung. Schlurfende Schritte. Das Schloss wird aufgesperrt, dann die Tür, und die verschlafene Visage von mein Nachbaroaschloch erscheint im Spalt. Ich geb der Tür einen Tritt, sie fliegt auf und schlagt ihm ins Gesicht. Das war der erste Streich und der zweite folgt sogleich. Wumm! Dann gleich noch einmal Wumm! Er liegt am Boden und blutet. Die Matschbirne, die. Ich sag kein Wort. Wumm! Wumm! Wumm! Ich lass nur meinen Nachhilfelehrer sprechen. Weil so ein Baseballschläger sagt mehr als tausend Worte.

Die Erwes

Erna und Werner, von allen Bekannten und Freunden nur die Erwes genannt, hatten gebucht. Grado. Eine Woche. In einer riesengroßen Ferienanlage. Kein Hotel – viel zu teuer. Kein Bungalow – viel zu protzig! Nein, die Erwes hatten in einem Trailerpark gebucht. Sieben Nächte im Trailerpark um unglaubliche 399 Euro. „Das ist das Schnäppchen unseres Lebens", erzählte Werner allen, die es hören und auch jenen, die es nicht hören wollten.

„399 inklusive zweimal Buffet. In der Früh und am Abend. Na, da werd ich zuschlagen. Beim Frühstücksbuffet ess ich bis Mittag. Solang bis sie mich aussehaun. Dann schmeiß ich mich an den Strand und mach ein Verdauungsschläfchen. Am Nachmittag geht's in die Strandbar. Dort werde ich mir das eine oder andere Bierchen genehmigen, damit ich wieder Appetit bekomm. Ja und am Abend heißt's dann frisch und fröhlich ab ans Buffet! Eine ganze Woche lang um 399 Euro!"

In der Arbeit ging er seinen Kollegen damit so sehr auf die Nerven, dass ihm mittags, wenn er sich aufmachte, in die Werkskantine zu gehen, der Warnruf vorauseilte: „Achtung, der 399er fährt ein."

Am Samstag, dem 6. Juni, war es soweit. Um 4 Uhr 30 rasselte der Wecker im Häuschen der Erwes im 22. Wiener Gemeindebezirk. Um 6 Uhr 15 kommandierte Werner „Aufsitzen!" und bestieg den Zug, der pünktlich um 6 Uhr 22 vom Hauptbahnhof abfuhr. Der 399er rollte nun Richtung Grado.

*

In Udine angekommen, wollte Werner gleich am Bahnhof den ersten Grappa trinken, doch das konnte Erna gerade noch verhindern. Schließlich wurden sie ja von einem italienischen Bus erwartet, der sie und zwei weitere Wiener Familien sowie eine in Klagenfurt zugestiegene Sippe nach Grado bringen sollte. Schwitzend und fluchend verstaute Werner ihre beiden Koffer im Bauch des Busses und stieg dann mit düsterer Miene ein. Seine Laune besserte sich erst in der riesigen Empfangshalle des Resorts, wo sie mit einem Gläschen Prosecco empfangen wurden. Nach einem Rundgang durch die Anlage und einigen alkoholischen Erfrischungen an der Strandbar schritten Erna und Werner schließlich zum Abendbuffet.

Nach dem Abendessen im ziemlich engen Doppelbett des Trailers lallte Werner:

„Also am … am besten ham mir die Pala…Pala …tschink … nen mit den mari … hinierten Gurkeln geschmeckt. Marihinierte Gurken, die wie dicke Nnnnudln ausg'schaut haben. Und Palatschinken mit rohem Schinken … schenialll! Mit Frischkäse und rohem Schinknen so was … so was gibt's … bei uns daham … net."

Nachdem er das festgestellt hatte, fiel Werner in einen Tiefschlaf, den er mit dröhnenden Schnarchgeräuschen sowie der einen oder anderen Apnoe untermalte.

*

In der Früh wurde Werner von einem plötzlichen Luftzug geweckt, der durch den engen und etwas stickigen Trailer wehte. Er hörte Ernas Stimme:

„Komm, steh auf, du Faulpelz! Draußen ist es strahlend schön. Ich war schon schwimmen im Meer und geh jetzt frühstücken."

Werner murmelte etwas Unverständliches, drehte sich um und begann alsbald wieder so laut zu schnarchen, dass die dünnen Wände des Trailers erzitterten. Als er später, getrieben von einem mordsmäßigen Harndrang, aus dem Bett kroch, war von Erna nichts zu sehen. Verschlafen stieg er in seinen Jogginganzug, schlüpfte in die Plastikschlapfen, die er letztes Jahr auf „Malle", wie er Mallorca fachkundig nannte, erstanden hatte und schlurfte unrasiert und unfrisiert zum Frühstück. Dort begann man gerade das Frühstücksbuffet abzubauen. Als er das sah, wurde er schnell wach. Mit drei Tellern in den Händen wuselte er an den Buffettischen entlang und schaufelte sich Wurst, Käse, Speck, Gebäck, Marmelade, Müsli und Kuchen drauf. Nur Obst ließ er links liegen. Das war nicht so Werners Sache. Mit den drei Tellern und einer Kanne Kaffee vor sich murmelte er verschlafen: „Euren depperten Espresso könnt's euch in der Früh g'halten".

Auf einmal stand Erna vor ihm. Frisch und munter wie das blühende Leben.

„Du Werner, Spatzi, ich hab da eine Wienerin kennengelernt, die ist schon a Woche da und mit der fahr ich jetzt nach Grado rein. Tu schön frühstücken und lass es dir schmecken. Bussi baba."

Noch ehe er etwas antworten konnte, war sie auch schon fort. Verschlafen kratzte er sich im Schritt, rülpste auf eine eher nachdenklich-kontemplative Weise und murmelte schließlich:

„Na guat … dann hab i untertags wenigstens mei Ruah."

Erna kam erst am frühen Abend zurück, als Werner sich bereits das dritte Bier an der Beach Bar genehmigte. Sie strahlte noch immer. Glücklicherweise war Werner nun frisch geduscht, ausgeschlafen und guter Laune.

„Schatzi, da bist ja endlich …"

„Du, das war schön. Die Milica und ich haben in einem tollen Restaurant den Koch kennengelernt. Der ist ein Genie. Weißt, was uns der aufgetischt hat?"

„Na was schon? Spaghetti, Pasta, Pizza …"

„Geh, red keinen Blödsinn."

„Also, was war's? Gefüllte Knautscherln oder was?"

„Werner, benimm dich. Brauchst nicht gleich laut werden."

„Ich bin ja net laut, nur interessiert!"

Erna schwieg und sah betreten zu Boden. Werner tätschelte ihren Schenkel und sagte leise:

„Also Schatzi, was war's?"

Sie nahm einen Schluck von seinem Bier und antwortete dann schwärmerisch:

„Gekochte Artischockenböden, in Butter angeschwitzt und mit Akazienhonig karamellisiert. Darauf ein cremiger Klacks Ricotta und eine Handvoll frische Kräuter … Es war himmlisch!"

*

Am nächsten Morgen erwachte Werner bereits sehr früh. Draußen vor dem Trailer schrien ein paar Lachmöwen, eine Zimmerfliege surrte leise durch den Raum und es roch nach frisch gemähter Wiese und Sommer. Für all das hatte Werner keinen Sinn. Im Gegenteil, wie von Sinnen sprang er aus dem Bett, stürzte zur Toilette und übergab sich. Als er einige Minuten später zurück ins Ehebett kroch, tätschelte ihm Erna den prallen Bauch und sagte voll Mitleid:

„Hast gestern also doch zu viel gegessen. Die vierte Portion Carbonara hättest dir wirklich sparen können. Und dass du dir dann auch noch das Tiramisu zweimal nachgeholt hast, war reinste Völlerei."

„Was hätt i denn machen sollen? Es hat ma halt so g'schmeckt. Und außerdem … außerdem is alles im Preis inklusive. Wann i da net zuschlagen tät', warat i ganz schön deppert."

Nach dieser Verteidigung drehte er sich um, gab einen donnernden Darmwind von sich und schlief ein. Diesmal weckte ihn Erna nicht. Sie schrieb ihm stattdessen ein Brieferl, dass sie mit Milica in die Stadt gefahren sei. Werner schlief bis um drei Uhr nachmittags. Mordshungrig wachte er auf, rief nach Erna, sah ihr Brieferl, kratzte sich am Hintern und murmelte:

„Na, dann hab' ich heut wenigstens aa mei Ruah …"

Am Abend kam dann Erna nicht und nicht daher. Werner, der in der Strandbar bereits zwei treue Habschis gewonnen hatte – lauter so Burschen wie er –, posaunte nach drei großen Bieren und drei ebensolchen Grappas laut heraus:

„Also, wenn mei Oide net bald da is, lass ich mich scheiden …"

„Bravo!", grölte Rudl, ein schwindsüchtiger Installateur, der bereits seit Jahren geschieden war, „bravissimo! Willkommen in der Freiheit!"

Johnny, ein verwitterter Althippie mit Kris Kristofferson-Mähne und Dreitagebart stimmte den Refrain eines Songs von seinem Idol an:

„There's still a lot of wine and lonely girls in this best of all possible worlds …"

Erna, Milica und Chris, die Frau des Althippies Johnny, der eigentlich Johann Müller hieß und Vertragsbediensteter bei der Bundesbahn war, stießen erst gegen neun zu ihren Männern. Wobei Milicas Lebensgefährte sich um die beiden gemeinsamen Kinder kümmerte und nach dem Essen mit ihnen in Richtung Kinderspielplatz verschwunden war. Die drei Frauen waren aufgekratzt, und Erna begann zu schwärmen:

„Heute hat Giovanni, unser Lehrmeister, ein halbes Kalb bekommen und es sofort zerteilt und verkocht. Dabei durften wir ihm helfen."

Milica sekundierte: „Er ist Venezianer und liebt Innereien, deshalb hat er eine Fogadina gekocht, da kommen vom Kalb die Lunge, das Herz, die Milz und die Leber hinein. In kleinen Stücken. Die werden dann in Weißwein weich gekocht. Gewürzt mit Rosmarin, Lorbeerblätter, Nelken, Tomatenpüree, Zitronensaft …"

Werner unterbrach sie unwirsch: „Geh bitte, das hamma in Wien eh aa. Des heißt bei uns Bruckfleisch und hat kane Paradeiser, Nelken und so Zeugs drinnen …"

„Ja, aber die Fegato alla Veneziana, die Kalbsleber …"

„Geh bitte, Kalbsleber ess i seit meiner Kindheit. Die hat mei Mama immer g'macht. Dazu brauch ich kan venezianischen Küchenchef."

Nun schaltete sich Chris ein:

„Aber eine Testina, einen gerollten Kalbskopf, das gibt's in Wien nicht. Und die Scaloppine al limone, die er g'macht hat, waren ein Gedicht. Hauchdünne, butterweiche Kalbsschnitzerln mit Zitronensauce. Im Gegenzug haben wir ihm dann gezeigt, wie wir Butterschnitzerln machen. Aus feinstem faschiertem Kalbsfleisch. Das hat er sofort in sein Repertoire aufgenommen."

Erna ergänzte schwärmerisch:

„Genial, wie er das Butterschnitzerl mit cremiger Polenta, würziger Brennnesselsauce und knusprig frittierten Brennnesselblättern verfeinert hat."

*

Am Dienstag verbrachte Erna den ganzen Tag mit Werner zwischen Frühstücksbuffet, Strand, Strandbar und Abendessen. Die Drohung, sich scheiden zu lassen, kam ihm nicht mehr über die Lippen, vielmehr war er rundum zufrieden. Auch Mittwoch und Donnerstag verbrachten Erna und Werner eine harmonische Zeit zu zweit. Wobei dies nicht ganz stimmte, denn bezüglich der Qualität des Essens vom Buffet gab es deutliche Meinungsdifferenzen. Während Werner die Mengen an angebotenen Speisen lobte, bemäkelte Erna die mangelnde Sorgfalt und Qualität bei der Zubereitung. Nicht nur sie, auch Milica und Chris meckerten über das Essen. Und so kam es, wie es kommen musste: Freitag Früh stand Erna vor dem noch vollkommen verschlafenen, verkaterten Werner und verkündete ihm fröhlich:

„Werner Spatzi, ich war gerade mit Milica und Chris am Strand joggen. Da haben wir beschlossen, dass wir heut, am letzten Tag, noch einmal richtig gut essen wollen. Außerdem müssen wir uns von Giovanni verabschieden."

Und während Werner sich verwirrt die stoppelbärtige Visage kratzte und seine verschwollenen Augen vor Müdigkeit und Schädelweh kaum aufbekam, schlüpfte Erna in ein leichtes Sommerkleid, gab ihm ein Busserl auf die verschwitzte Wange und war weg. Seine hinterhergerufene Drohung „Wennst mich heut wieder allein lasst, lass i mi scheiden", hörte sie nur mehr von ferne.

Abends kamen die drei Frauen wieder ziemlich spät und völlig aufgekratzt zurück. Ihre Männer hatten wie üblich Unmengen vom Buffet in sich hineingestopft.

„Amoi geht's noch! Heut schädigen wir die Itaker noch ordentlich. Heut fress ma ihnen das Buffet leer."

Diese Devise hatte Werner zu Beginn des Abends ausgegeben. Folglich saßen er, der Installateur-Rudl sowie der Alt-Hippie Johnny mit ihren Blähbäuchen da und versuchten, das kollektive Völlegefühl mit Unmengen von Grappa zu bekämpfen. Auch Milicas Lebensgefährte namens Bärli hatte mit den beiden Kindern bei der Völlerei mitgemacht. Die Kinder schliefen nun am Tisch, Milicas Freund machte die Grappa-Runden mit. Gut aufgelegt gönnten sich die drei dazugekommenen Damen ebenfalls einen Grappa, und Erna begann zu schwärmen:

„Heut hat sich der Giovanni selbst übertroffen. Der hat uns eine gebeizte Lachsforelle mit zarten, grünen Sojabohnen und Weingartenkräutern serviert."

„I hab gar … gar net g'wusst, das es in der Adria Forell… lellenn gibt", warf der Installateur-Rudl mit schwerem Zungenschlag ein. Milica replizierte:

„Geh Rudl, red keinen Blödsinn! Die Forellen sind aus den friulanischen Bergen."

„Friul … was?"

„Aus den Bergen, die ja da gleich an die Ebene anschließen. Samma ja durchg'fahren durchs Kanaltal."

„Ah so .. Kanalforell... llelen ... ich kenn mi aus."

Die Männer lachten, die Frauen sahen einander indigniert an. Erna fuhr fort:

„Der Giovanni hat die Forelle filetiert und dann einen Tag lang in Olivenöl, Balsamico, Salz, Zitrone und frischen Kräutern eingelegt. Das Forellenfleisch war richtig gut durchgebeizt. Ein Gedicht, ein Traum! Da lass i jedes Sushi stehen."

„Und i lass di steh'n!", brüllte Werner plötzlich und schlug mit der Faust auf den Tisch, „geh zu deinem Giovanni, ich lass mich scheiden!"

*

Während der Heimfahrt am Samstag und auch am darauffolgenden Sonntag sprachen Erna und Werner kein Wort miteinander. Montags hatte Erna frei, während Werner wieder arbeiten ging. Den ganzen langen Arbeitstag hindurch quälte ihn eine einzige Frage: „Wie wird es weitergehen? Wird sie mich verlassen? Oder soll ich ausziehen? Wenn ja, wohin?"

Als er abends heimkam, duftete es im ganzen Haus nach köstlichem Essen. Erna empfing ihn freundlich und servierte ihm zu Beginn des abendlichen Festmahls, das sie zubereitet hatte, kleine Spieße, um die sie Brotteig und würzig-fette Pancetta gewickelt hatte, im Rohr knusprig gebraten. Werner aß, ohne einen Ton von sich zu geben. Auch an seiner Mimik war nicht zu erkennen, ob ihm das schmeckte, was ihm seine Frau auftischte. Alles, was er tat war essen. Als er schließlich auch das Dessert verputzt hatte, räusperte er sich, kratzte sich, wie er es so gerne tat, im Schritt und brummte:

„Also gut. Nach diesem fulminanten Mahl will ich dir noch einmal verzeihen und Gnade vor Recht ergehen lassen. Ich lass mich doch nicht scheiden."

Erna sah ihren Göttergatten lächelnd an und reichte ihm einen Grappa.

„Komm, trink ein Schnapserl."

Er tat, wie ihm geheißen. Dann sagte sie in zuckersüßem Ton:

„Werner, Spatzi, das war unser letztes gemeinsames Abendessen. Ich hab mir heute eine eigene Wohnung gesucht. Bis die bezugsfertig ist, zieh ich ins Hotel. Nicht du, sondern ich lass mich scheiden."

Geschichten aus Österreich

Liesi, Lämmer, Ochsennasen

Im südlichen Niederösterreich liegt der malerische Ort Thernberg. Erzherzog Johann, der auch als „Steirischer Prinz" bekannt ist, war von 1807 bis 1828 Besitzer von Schloss und
Herrschaft Thernberg. Hier in Thernberg führte er Experimente
zur Verbesserung der Landwirtschaft durch und legte Ver-
suchsgärten für die systematische Obstveredelung an. Bei der
bäuerlichen Bevölkerung, die sich damals hauptsächlich von
Getreidebrei ernährte, förderte er die Akzeptanz der Erdäpfeln
als Grundnahrungsmittel. Weiters ließ er eine Herde spani-
scher Merinoschafe nach Thernberg bringen. „Liesi, Lämmer,
Ochsennasen" ist eine kulinarische Kriminalerzählung, die um
1820 in Thernberg spielt.

„Naaaa!!!"
Xavers Schrei hallte durch die morgendliche Stille des Hofs.
Aus der Küche hörte er seine Mutter, die Getreide für den
Frühstücksbrei mahlte, rufen:
„Xaver? Was ist denn los?"
„Frau Mutter! Frau Mutter! Was Gräusliches is passiert!"
„Was schreist denn so? Was soll schon passiert sein?"
Nun war auch Vaters Bass zu hören:
„Was plärrst[84] denn in aller Herrgottsfrüh umadum?"
„Aber Herr Vater! Herr Vater! Die Liesi is tot!"
Im Handumdrehen war Xavers Vater aus den Federn her-
außen und stand im Nachthemd mit Zipfelhaube am Kopf
neben dem Buben und wurde weiß im Gesicht. Er umarmte
seinen Sohn, der sich an ihn klammerte und hemmungslos zu
schluchzen begann:
„I hab's sooo lieb g'habt die Liesi. Sooo lieb …"
Nun waren auch die Mutter und die Schwester im Stall er-

---

84 schreien, auch: weinen

schienen, beide bleich vor Schreck. Und während der Huber-Bauer sich neben dem toten Tier hinkniete, begannen auch bei Xavers kleiner Schwester dicke Tränen über die Wangen zu strömen. Der Anblick war ja wirklich furchtbar. Liesis weißes Fell war von dunkelbraunen Blutspritzern überzogen. Eine klaffende Wunde am Hals hatte Blut über den Boden des Stalls verspritzt. Die langen Wimpern von Liesis sanften Augen ragten wie Stacheln in die Luft, ihr Blick war starr und leer, ihre raue Zunge, mit der sie so gerne die Hände der Kinder abgeschleckt hatte, hing schlaff zwischen ihren Zähnen aus dem Maul. Es war zum Rearn[85]. Und das tat die Huber-Bäuerin nun ebenfalls.

*

„Welches Mistvieh tuat so was?", fragte der Huber-Bauer die Männer, mit denen er abends am Stammtisch saß, so laut, dass seine Frage im ganzen Wirtshaus zu hören war. Beklemmende Stille trat ein, man hätte eine Stecknadel fallen hören können. Dann war ein verlegenes Räuspern von dem jungen Gehilfen des Geometers, der seit einigen Tagen hier im Ort Vermessungen durchführte, zu vernehmen. Der Gehilfe war ein freundlicher Bursch, den alle im Dorf sofort ins Herz geschlossen hatten. Er räusperte sich noch einmal und versuchte dann eine Antwort zu geben:

„Des kann nur a Narrischer g'wsen sein. Einer von denen, die man bei uns in Wien in den Narrenturm, in den Guglhupf, einsperrt. Ein anderer macht so was net."

„Ja, aber warum grad die Liesi? Die hat mei Bua, der Xaver, doch von unserem allerhöchsten Herrn, dem Erzherzog Johann, g'schenkt bekommen. Weil er in der Schul der Beste is. So a Freud hat mei Bua mit dem Viech g'habt, und jetzt is hin."

---

85 weinen, heulen

„Vielleicht war dem Xaver irgendwer neidig …"

„Was, a anders Kind? A Kind soll a Messer g'nommen und der Liesl die Gurgl durchg'schnitten ham? So a Blödsinn."

Nun wurde es laut in Johann Hauers Gasthaus. Alle schrien durcheinander und ein jeder gab seinen Senf dazu …

*

Derweil saßen die Huber-Bäuerin, der Xaver und die kleine Burgi daheim in der Stube. Im Fenster hatten sie eine Kerze angezündet. Für die Liesi. Und um den Schmerz und die Trauer ein bisschen zu lindern, hatte die Bäuerin den Ziegenfrischkäse, den sie gestern zubereitet hatte, aus der Speis geholt und den Kindern auf den Tisch gestellt. Dazu gab es Brot und Kernöl, das die Hubers von ihren steirischen Verwandten bezogen. An einem normalen Tag war dies das Abendbrot: Brot, das in Kernöl eingetunkt wurde. Heute aber gab es frisch gebackenes Roggenbrot mit knuspriger Rinde, nussiges Kernöl und cremig, milchigen Ziegenkäse. In Gedenken an die Liesi, die Brave.

*

Wieder war es der Xaver, der für Aufregung sorgte.

„Die Lampeln sind fort!", rief er, als er das Klassenzimmer der Volksschule betrat, in dem alle Kinder Thernbergs gleichzeitig unterrichtet wurden. Ein einhelliges „Wos?" kam zurück. Der Herr Lehrer sah Xaver streng an und ermahnte ihn:

„Wie oft hab ich euch schon g'sagt, dass es zuerst einmal Grüß Gott heißt, wenn ihr ins Klassenzimmer eintretet. Also, Xaver, geh wieder hinaus und komm noch einmal anständig grüßend herein."

„Aber die …"

„Hinaus!", donnerte der Lehrer, und so blieb dem Buben nichts anderes übrig, als mit hochrotem Kopf das Klassenzimmer zu verlassen und die Tür von außen zu schließen. Als er dann neuerlich eintrat, murmelte er „Grüß Gott …" und schlich zu seiner Schulbank. Sofort war er von den anderen Kindern umringt, die ihn mit Fragen bestürmten.

„Ruhe! A Ruah is!", schrie der Lehrer und schlug mit dem Rohrstock auf den Katheder. Das war eine Warnung. Wer dieser Anordnung nicht folgte, lief Gefahr, vom Lehrer an den Haaren zum Katheder geschleift, übers Knie gelegt und gezüchtigt zu werden. Das wollte niemand riskieren, deshalb trat augenblicklich Ruhe ein. Der Lehrer ließ seinen strengen Blick über die Köpfe der Kinder schweifen, räusperte sich und sagte dann:

„So, Xaver. Was ist los? Was hast du uns zu berichten?"

„Herr Lehrer, ich wollte nur melden, dass kein einziges Lampl auf der Koppel hinter der Kirchn is."

„Meinst du die Schafe unseres allerhöchsten Herrn? Die Herde unseres Erzherzogs Johann?"

„Jo, die man i."

„Und warum sind die nicht mehr auf der Koppel?"

„Ja wos waß i! I waß nur, dass sie fort sind. Alle miteinander. Kein einziges is mehr da."

„Ja Herrgottseiten, das gibt's doch nicht!", rief der Lehrer und stürmte beim Klassenzimmer hinaus, um hinter der Kirche nachzuschauen. Ihm folgte wie ein Rattenschwanz die neugierige Schülerschar.

*

Johann Zahlbruckner, der Verwalter des Schlosses Thernberg und der erzherzöglichen landwirtschaftlichen Betriebe war ein beherrschter, immer freundlicher Mann. Doch so ein Gesicht, wie er heute eines zog, hatten die Thernberger bei ihm noch nie gesehen: Tiefe Falten des Zorns durchfurchten sein Gesicht, und sein Blick war düster wie nie zuvor. Im offenen

Landauer[86] war er, in Begleitung des Kanzleischreibers, die Straße vom Schloss herunter zu den Weidegründen gefahren, wo er auf den zerknirscht dreinblickenden Schäfer traf. Alle drei blickten nachdenklich umher und besprachen sich im Bemühen, das Rätsel um das Verschwinden der Lämmer zu lösen. In ihrem Schlepptau befand sich der Lehrer mitsamt der Schar der Schulkinder.

Schließlich war es Mirli, die Tochter des Leitner-Bauern, die ein Loch in der Umzäunung der Weide entdeckte. Die Bretter des Zauns waren mit Hacke und Säge malträtiert worden, und man sah an dem niedergetrampelten Gras, dass die Herde durch die entstandene Lücke ausgebrochen war.

„Ja Kruzifix! Wer tuat denn so was?", rief der Schäfer.

Der Herr Pfarrer, der inzwischen ebenfalls zu der Gruppe gestoßen war, hob den Zeigefinger und ermahnte ihn:

„Du sollst nicht im Namen des Herrn fluchen! Wie oft soll ich dir das noch sagen? Kruzitürkn noch einmal!"

„Aber Hochwürden, Sie haben ja jetzt auch Kruzi …"

„Halt den Schnabel! Du hast keine Ahnung von gar nix. Kruzitürkn darfst sagen. Weil das hat mit dem Kruzifix nix zu tun. Das ist ein Ausruf aus alten Zeiten, als die Kuruzen und die Türken brandschatzend durch unser Land gezogen sind."

„Na guat … Also: Welcher Falott[87] hat den Zaun zerstört? Kruzitürkn!"

„Gesegnet sei deine Ausdrucksweise, mein Sohn."

*

Nach Momenten des ungläubigen Gaffens und Staunens befahl Johann Zahlbruckner den rundum Versammelten:

„Wir ihr alle wisst, wurden die hier weidenden Merinoschafe von seiner kaiserlichen Hoheit, unserem geliebten Erzherzog

---

86 viersitzige, vierrädrige und an beiden Achsen gefederte Kutsche
87 Gauner

Johann, höchstselbst von Spanien nach Thernberg verbracht. Da wir es leider Gottes mit einem üblen Bubenstück zu tun haben, das das Versprengen und Zerstören dieser Schafherde zum Ziel hat, fordere ich alle hier Versammelten auf, Gruppen zu bilden und nach den abhanden gekommenen Tieren zu suchen. Es ist unsere Pflicht, jedes einzelne der wertvollen Merinoschafe wieder einzufangen und sie zurückzubringen. Außerdem g'hört der Zaun repariert …"

*

Am Abend dieses Tages saßen nicht nur die Männer, sondern auch die Weiber samt den Kindern in Johann Hauers Gasthaus zusammen. Die meisten von ihnen hatten bei der Suche nach den Schafen mitgeholfen, sie wiedergefunden und schlussendlich die Herde zurück auf die Koppel getrieben. Einzig der stets finster dreinschauende Leitner-Bauer war nicht mit von der Partie gewesen. Ihm – der in Thernberg auch die Arbeit des Totengräbers versah sowie allerlei Tischlerarbeiten ausführte – wurde von Zahlbruckner befohlen, mit Hilfe des Geometergehilfen, der ein hilfsbereiter und geschickter Kerl war, den Holzzaun zu reparieren. Als Dankeschön hatte Zahlbruckner der Dorfgemeinschaft ein Fass Most spendiert, und so hockten sie nun alle beisammen und unterhielten sich aufs Vortrefflichste.

Plötzlich waren draußen vor dem Wirtshaus Hufschlag und Schnauben eines Pferdes zu vernehmen. Kurz darauf wurde die Wirtshaustür aufgerissen, und ein Kadett der Theresianischen Militärakademie aus Wiener Neustadt trat ein. Mit kräftiger Stimme rief er in die Runde:

„Ich habe eine Nachricht seiner kaiserlichen Hoheit, des Erzherzogs, für den Herrn Gutsverwalter."

Johann Zahlbruckner erhob sich, nahm einen versiegelten Brief entgegen, erbrach das Siegel, überflog das Schreiben und rief sodann:

„Ruhe! Maul halten und zuhören! Ich habe heute Nachmittag, nachdem wir die Merinoschafe wieder eingefangen und leider auch ein verletztes aufgefunden hatten, unserem Grundherrn, seiner kaiserlichen Hoheit, einen berittenen Boten nach Wiener Neustadt geschickt. Wie ihr alle wisst, ist er Obermeister der Militärakademie und hält sich zurzeit daselbst auf. Das ist nun die Antwort seiner kaiserlichen Hoheit:

Geschätzter Herr Gutsverwalter, lieber Freund!

Mit Erstaunen und auch Entsetzen habe ich Ihre Nachricht gelesen, die meine geliebten Merinoschafe betrifft. Ich danke Gott dem Herrn, dass die braven Thernberger meine Schäfchen wieder eingefangen haben und hoffe, dass sie auch in Zukunft auf den saftigen Leiten des Schlattenbachtals gedeihen und sich vermehren mögen.

Was jenes Tier, das an den Hinterbeinen verletzt ist, betrifft, so wird mir wohl nichts anderes übrig bleiben, als Euch aufzutragen, es von seinen Qualen zu erlösen. Damit sein Tod nicht vollkommen sinn- und zwecklos sei, verfüge ich, dass es nach der Schlachtung zu einem Schmaus zubereitet werde, an dem sich alle Thernberger ergötzen mögen.

Gott mit Euch!

Johann

Nach einigen Augenblicken der Stille hob großer Jubel an. Lauthals wurde diskutiert, wie man das Lamm wohl zubereiten solle. Der Gruber-Bauer haute auf den Tisch und brummte:

„Braten! Auf Holzkohle wird's gebraten."

Der junge Geometergehilfe rief keck:

„Ein Lammgulasch mach ma! Nix is besser als ein g'scheites Lammgulasch."

Worauf der Huber-Bauer schrie:

„Halt die Goschn, Zuagraster!"

Mariedl, die gleichzeitig Tochter des Wirts und Köchin war, schwang einen Schopflöffel durch die Luft, schlug damit auf einen Riesenhäfn, dass es nur so schepperte. Dann rief sie in die Runde:

„Wer kocht da? Ihr oder i?"

Worauf das Stimmengewirr abschwoll und sich alle Augen auf sie richteten.

Die Köchin räusperte sich und vermeldete in resolutem Ton:

„Durch den Fleischwolf werd ich's drahn. Die Keulen, den Rücken, die Schulter, den Bauch, den Hals. Alles. Alles miteinander! Weil ich Lammfleischlaberln[88] mach!"

*

„G'scheckerter … wo bist denn?"

Sepp, der Sohn des Müllers, sah sich im Stall um, und die Kinnlade fiel ihm herunter. In dem engen Stall war kein G'scheckerter zu finden. Fluchend stürmte er aus dem Stall, sodass der Müller erstaunt von seiner Arbeit aufschaute.

„Was is denn hierzt scho wieder los?"

„Der G'scheckerte is net do!"

„Spinnst? Das gibt's do net."

Der Müller stürmte an seinem Sohn vorbei zum Stall, riss die Tür auf und sah seine beiden Ziegen und die wild herumlaufenden Hendln. Aber sein Pferd nicht. Der Müller raufte sich die Haare. Wie sollte er die fünf Mehlsäcke mit dem frisch gemahlenen Mehl nach Bromberg zum Bäcker transportieren? Er stand mit offenem Maul neben dem Sepp und wusste nicht weiter.

„Hat uns am Ende jemand den G'scheckerten g'stohlen?"

„Wer tuat den so was?", murmelte der Sepp und kratzte sich die bärtige Wange. „I geh amoi in Ort und schau mi um. Vielleicht is uns der G'scheckerte ja nur ausg'rissen."

---

88 Lammfrikadellen

*

Laut gähnend schlapfte der Sepp den Markt entlang und schaute verschlafen in die Gegend. In Gedanken war er nicht beim gesuchten Pferd, sondern bei der rothaarigen Mariedl, die am vergangenen Sonntag wunderbare Lammfleischlaberln gemacht hatte. Das war ein Fest gewesen! Die Musik hatte aufgespielt, und er hatte mit der Mariedl getanzt. Wenn er an ihre drallen Rundungen dachte, die er beim Tanzen in seinen Müllerpranken gehalten hatte, wurde ihm ganz anders.

„Wos schaust denn so damisch[89]? Du Depp, du?"

Leitners grantige Stimme riss ihn aus seinen Träumen und er antwortete mit einem tiefen Seufzer:

„Der G'scheckerte, unser Gaul, is verschwunden."

Leitner, der vor seinem Stadel an einem langen Holzladen herumhobelte, grinste hämisch und antwortete:

„Verschwunden? Ha! Das warast auch gern vorgestern Nacht, gell? Ins Heu verschwunden, mit der dicken Mariedl …"

Sepp fiel aus allen Wolken, rieb sich die Augen und war plötzlich hellwach. Nicht wegen der anzüglichen Bemerkung, die ihm der Totengräber gerade eineg'riebn[90] hat, sondern weil er ein vertrautes Schnauben gehört hatte. Argwöhnisch fragte er:

„Leitner, hast du unseren G'scheckerten stibitzt?"

„Geh! Du Depp, du! Wenn i den Gaul für a schene Leich brauch, borg i mir'n von deinem Vater aus. I muss nix stibitzen. I krieg immer das, was i will."

„Aber hinter deinem Haus hör i a Schnauben!"

„Nau, dann schau halt nach. Schau zum Acker, den die landwirtschaftliche Gesellschaft mit Erdäpfelstauden[91] bepflanzt hat. Weiß der Kuckuck wozu das guat sein soll. Das Saufutter braucht doch eh kein Mensch."

---

89 verwirrt
90 jemandem etwas Unangenehmes sagen
91 Kartoffelstauden

Als der Sepp ihn entgeistert anstarrte, fuhr ihn der Leitner an: „Hast net g'hört? Geh hintre! Hinterm Haus hab ich den G'scheckerten heut in der Fruah g'sehn."

Der Sepp rannte los und entdeckte den Gaul im milden Morgenlicht mitten auf dem Acker der landwirtschaftlichen Gesellschaft. Der G'scheckerte begrüßte ihn freundlich wiehernd. Erleichtert streichelte Sepp dem Pferd übern Schädel und nahm ihn bei der Trense. Aber halt! Wieso hatte der G'scheckerte die Trense im Maul? Die Zügel hingen lose am Hals herunter, und gesattelt war der Apfelschimmel auch. Wurscht! Der Sepp schwang sich auf seinen Gaul und trabte mit ihm zur Mühle zurück. Dort nahm er den Sattel ab und spannte den G'scheckerten vor den Wagen, mit dem sein Vater nun die Mehlsäcke ausführen konnte.

*

Abends saß der Sepp im Wirtshaus, trank Most und wartete darauf, dass sich die Mariedl, die er in der Küche werken hörte, im Gastraum zeigte. Eine fette Fliege zog träge brummend ihre Bahnen durch die Luft, und den Wirt hörte man im Keller rumoren. In die gemütliche Atmosphäre, die in der Gaststube herrschte, platzten Johann Zahlbruckner und sein Kanzleigehilfe herein. Sie warfen einen halbvollen Jutesack auf den Stammtisch, und der Verwalter, der schon wieder zornig dreinschaute, rief:

„Köchin! Mariedl! Wo bist denn?"

Als Erstes kam der Wirt die Kellerstiegen heraufgestapft und fragte den Verwalter besorgt:

„Gnädiger Herr, guten Abend. Womit kann ich dienen?"

„Hol mir die Leut' aus dem Dorf zusammen."

„Darf i fragen warum?"

„Es is schon wieder was passiert."

*

Als sich die Bauern im Dorfwirtshaus versammelt hatten, schlich der Sepp in die Küche, wo er die Mariedl weinend vorfand. Er näherte sich ihr vorsichtig, da er wusste, dass sie mit dem Kochlöffel äußerst schlagfertig war. Zärtlich klopfte er auf ihren wohlgepolsterten Hintern, doch statt dass sie ihm eine auf die Pratzn[92] haute, lehnte sie sich an ihn und schluchzte:

„I muass den gaunzn Zwüfi[93] schneiden. Wo i des eh net ausstehen kann. Weil i dabei dauernd plärren muass. Aber der gnädige Herr hat's ang'schafft vorhin. Und die damischen Erdöpfel muass i a waschen, schälen und braten."

Sepp legte seine Arme um sie:

„Brauchst ... brauchst do net plärren ... wegen ... wegen dem talkerten Zwüfi. Komm gib ma des Messer. I schneid weiter."

Augenblicklich ließ sie das Messer aufs Schneidbrett fallen und gab dem Sepp ein Busserl auf die Wange.

„Des is aber gaunz liab von dir. Des vergess i dir nie."

Dann entfleuchte sie hinaus auf den Hof, um Wasser zu holen. Mit rotem Schädel begann der Sepp Zwiebeln zu schälen und zu schneiden. Seine Augen brannten und Tränen rannen ihm über die Wangen. Aber er war im siebenten Himmel. Denn die Mariedl hatte gesagt, dass sie ihm das nie vergessen würde. Außerdem hatte sie sich an ihn gelehnt und sich von ihm umarmen lassen. Und während Sepp tapfer die Zwiebeln zerkleinerte, stellte er sich vor, wie das wohl mit der Mariedl heut Nacht im Heuschober wär.

*

„Es treibt sich ein Saboteur in unserem Dorf herum", sagte Johann Zahlbruckner zur versammelten Dorfgemeinschaft.

---

92 große Hände
93 Zwiebel

„Einer von euch versucht, all das Gute, das seine Hoheit der Erzherzog Johann für uns tut, zu hintertreiben. Zuerst meuchelt er die Ziege, die seine Hoheit dem Huber Xaver geschenkt hat. Dann versucht er die kostbaren Merinoschafe in alle Windrichtungen auseinanderzutreiben. Und nun hat er das Erdäpfelfeld, das der Prinz anlegen hat lassen, vom Apfelschimmel des Müllers niedertrampeln lassen. Ich hab mir den Schaden angeschaut, alle Pflanzen sind kaputt. Zum Glück ist den Erdäpfeln in der Erde nichts passiert. Ich hab einen Sack ausgraben lassen und mitgebracht."

Stille herrschte im Saal. Plötzlich war der Leitner, der Totengräber, zu vernehmen:

„Geh, mach ma kan Bahöö um die depperten Erdäpfeln. Die taugen sowieso nur zum Saufiadern[94]."

Da sprang der Huber Xaver auf und rief:

„I weiß von der Schul, dass die Erdöpfeln nahrhaft und g'sund sind. Das hat der Herr Lehrer g'sagt."

Letzterer nickte, erhob sich und belehrte die Bauernschar:

„Es ist tatsächlich so, dass der Erdapfel ein Geschenk unseres Herrgotts ist. Gesund, nahrhaft und gut verdaulich. In Wean[95] essen die hohen Herrschaften oft und gerne Erdäpfeln."

Johann Zahlbruckner griff den Faden auf und sagte:

„Seine Hoheit der Erzherzog hat heuer am Acker der landwirtschaftlichen Gesellschaft Erdäpfeln anbauen lassen. Sie sind lang nicht so vom Wetter abhängig wie das Getreide, von dem wir uns sonst ernähren. Außerdem, was unser Herr Lehrer noch nicht erwähnt hat, sind Erdäpfeln äußerst wohlschmeckend. Auch deshalb, nicht nur wegen dem Saboteur, hab ich euch hier zusammengerufen. Die Köchin bereitet gerade geröstete Erdäpfeln zu, und ihr könnt's alle kosten. Damit ihr auf den Geschmack kommt's. Das ist ein ausdrücklicher Wunsch, um nicht zu sagen ein Befehl unseres Grundherrn, des Erzherzogs."

---

94 um die Säue zu füttern
95 Wien

Darauf verzog sich Zahlbruckner in die Küche, wo in einer riesigen gusseisernen Pfanne mit einer ordentlichen Portion Schmalz die Erdäpfeln und Zwiebeln vor sich hinrösteten. Zahlbruckner nahm einen Kochlöffel voll und kostete.

„Mariedl, das g'hört noch g'salzen. Und irgendein Kräutl könntest auch noch reingeben."

Die Köchin legte den Kopf schief, dachte kurz nach und murmelte:

„An Majoran könnt i mir vorstellen …"

Während Zahlbruckner unter ständigem Umrühren die Erdäpfeln salzte und abschmeckte, holte Mariedl einen Buschen Majoran aus dem Garten. Sepp, der sich noch immer in der Küche herumdrückte, griff neuerlich zum Messer, hackte ihn und Mariedl rührte das Kräutl nach und nach unter. Ein wunderbar würziger Duft durchzog die Küche.

Zahlbruckner nickte anerkennend. Dann nahm er die Gusseisenpfanne und marschierte in die Gaststube. Er stellte sie auf den Stammtisch und rief:

„Alsdann! Greift's zu! Kostet's die köstlichen Erdäpfeln!"

Die Bauern taten wie geheißen. Sie probierten, und staunten. Dann aßen und genossen Sie die ihnen unbekannte Mahlzeit. Einzig der Leitner nahm keinen Bissen. Er saß hinten im Eck und grantelte:

„Erdäpfeln? Geh, so a Schmarrn[96]!"

*

Bumm, bumm, bumm …. ein Apfel fiel herunter und rollte über den Wirtshausboden direkt vor Johann Zahlbruckners Füße. Der Verwalter sah irritiert auf. War das nicht eine Ochsennase? Die Lieblingsapfelsorte des Prinzen? Er hob den Apfel auf, betrachtete ihn eingehend und schlug dann mit der Faust auf den Tisch.

---

96   in diesem Fall: Blödsinn

„Wo kommt die Ochsennase her? Wir haben im Obstgarten heuer nur drei reife Äpfel dieser Sorte. Alle anderen hat im Frühjahr der Frost gezischt[97]. Diese drei Exemplare habe ich für seine kaiserliche Hoheit aufgespart. Wenn er nach Thernberg kommt, sollte er sie aufgetischt bekommen. Wer war das? Wer hat diesen Apfel gepflückt?"

Die Bauern, die gerade noch fröhlich geschwatzt hatten, saßen still und betroffen da. Plötzlich äußerte sich der Gehilfe des Geometers:

„Na, wer wird das schon g'wesen sein? Wahrscheinlich der, der dauernd über alles schimpft. Und der auch keine Erdäpfeln isst …"

Ein Raunen ging durch die Bauernschar, und alle starrten den Leitner an, der stumm und düster in seiner Ecke saß.

Zahlbruckner drehte sich zu ihm um und fragte:

„Leitner, ist dir die Ochsennase aus der Tasche g'rutscht?"

Der Totengräber saugte trotzig an seiner Pfeife, gab eine Rauchwolke von sich und replizierte:

„Und? Was warat, wann's so wär?"

„Na dann wärst du der Saboteur!", sagte der Gehilfe des Geometers.

„Ich werd dir helfen!", schrie Leitner.

Er sprang auf und begann, den Burschen mit beiden Händen zu würgen. Wie von Sinnen schrie er:

„I bring di um, du G'frast!"

„Leitner, hör auf!", schrie der Huber-Bauer und stürzte sich auf den Totengräber.

Sofort kamen dem Leitner der Müller und der Gruber-Bauer zu Hilfe. Alsbald war eine Rauferei im Gang, bei der das halbe Dorf in Schwitzkästen verkeilt am Boden herumkugelte. Für die andere Hälfte hagelte es Faustschläge und Watschen. Vergebens versuchten Zahlbruckner und sein Kanzleigehilfe

---

97 ruiniert

die Streithansln zu beruhigen. Es wurde geflucht, geschrien und geschimpft. Keiner merkte, wie sich einer aus der Rauferei rauslöste und davonschlich.

Nur der Mariedl, die in einem Kücheneck mit dem Sepp schmuste, fiel auf, dass ein Schatten durch die Küche hinaus in den Hof huschte.

*

„Man suche den Geometer und bringe ihn her!"

„Jawohl, Hoheit!"

Johann Zahlbruckner wandte sich an den Kanzleigehilfen:

„Hast g'hört? Lass den Landauer anspannen, fahr runter ins Dorf und komm mit dem Geometer wieder."

„Mach i sofort euer Gnaden."

Katzbuckelnd entfernte sich der Gehilfe, während der Erzherzog und der Verwalter auf Leitner starrten, der – flankiert von zwei Knechten – mit gefesselten Händen vor ihnen stand.

Der Erzherzog erhob sich und ging mehrmals im Zimmer auf und ab.

„Sag, Zahlbruckner, ist es wirklich notwendig, dass der Totengräber gefesselt vor uns steht?"

„Hoheit, er neigt zu rabiaten Anwandlungen."

Der Erzherzog wandte sich an Leitner, der es nicht wagte, dem Prinzen ins Gesicht zu sehen:

„Stimmt es, dass er solche Anwandlungen hat?"

Leitner schüttelte stumm den Kopf.

„Verspricht er, dass er nicht rabiat werden wird, wenn ich ihm die Fesseln abnehmen lasse?"

Leitner nickte.

Der Erzherzog gab den Knechten einen Wink, und die entknoteten den Strick, mit dem sie Leitners Hände zusammengebunden hatten. Der seufzte erleichtert auf und rieb sich die Handgelenke, die schon rot und angeschwollen waren.

Der Prinz trat nun direkt vor Leitner hin und fragte streng:

„Sag er uns jetzt, was er mit dem Gehilfen des Geometers gemacht hat. Hat er ihn umgebracht und verscharrt? So wie er es vor der Wirtshausrauferei angedroht hatte?"

Leitner murmelte mit gesenktem Haupt:

„Nix hab i g'macht. Außer dass i des Rabenviech g'würgt hab."

„Und warum ist der Gehilfe nicht aufzufinden?"

Nun warf Zahlbruckner ein:

„Die Köchin hat dich gesehen, wie du durch die Küche hinausgeschlichen bist. Vorm Wirtshaus hast du dann den Geometergehilfen abgepasst und umgebracht. War das so?"

Leitner schüttelte heftig den Kopf und antwortete kaum hörbar:

„I schwör's, i war' s net!"

Dann fiel er auf die Knie und begann laut zu jammern:

„Eure kaiserliche Hoheit, i bitt Euch, glaubt mir. I war's net."

Der Prinz wandte sich von ihm ab und ging zum Fenster. In der Hand hielt er den Apfel, der im Wirtshaus über den Boden gerollt war. Er wischte ihn am Ärmel seines Rocks ab und biss hinein. Zahlbruckner beobachtete, wie der Erzherzog die Ochsennase genüsslich verspeiste und dann murmelte:

„Äußerst aromatisch. Einfach delikat …"

Zahlbruckner wandte sich Leitner zu:

„Wenn du es nicht warst, wer ist es dann gewesen?"

„I weiß net … i weiß wirklich net. Vielleicht is er gar net tot, vielleicht versteckt er sich irgendwo."

„Wie kommst du auf die Idee?"

„Na, weil i mir einbilde, dass i g'sehn hab, wie der Apfel aus seiner Taschn auf den Boden purzelt is. Und weil i glaub, dass er der Spitzbub is, der die Lampln auslassen und die Erdäpfelstaudn niedertrampelt hat."

Erzherzog Johann sah Zahlbruckner überrascht an.

Der zuckte mit den Achseln und brummte:

„Hoheit, das hör ich zum ersten Mal."

Dann herrschte er den Totengräber an:

„Was sind das für Tanz[98]? Das hast mir bisher net derzählt. Was soll der Blödsinn?"

„Gnädiger Herr, das is ka Bledsinn. I bin mir nur net sicher, ob der Apfel wirklich aus seiner Taschn oweg'falln[99] is. Aber ans waß i: Der Apfel is neben ihm runterplumpst und dann Ihnen vor die Fiaß gerollt. Das hab i von der Eckn aus, wo i g'sessen bin, deutlich g'sehn."

*

„Kaiserliche Hoheit haben mich rufen lassen?"

Der Geometer Aloysius Kranewetter verbeugte sich vor dem Erzherzog.

„Ich habe ihn rufen lassen, weil ich ihn nach seinen Gehilfen befragen will."

„Was ist mit meinem Gehilfen?"

„Exakt das ist es, worüber er mich aufklären soll."

„Nun ja, kaiserliche Hoheit, gut kenne ich den Burschen nicht ..."

„Und trotzdem hat er ihn als Gehilfen genommen?"

„Ähm ... er wurde mir sozusagen empfohlen."

„Empfohlen? So red er doch nicht in Rätseln. Sag er, was es mit dem Gehilfen auf sich hat!"

Der Geometer, ein spindeldürrer Mann mit schütterem Haar und gelblicher Hautfarbe, wand sich wie ein Wurm am Angelhaken.

Der Prinz wurde ungeduldig und herrschte ihn an:

„So sprecbe er endlich! Oder hat er am Ende gar etwas mit dem Tod seines Gehilfen zu schaffen?"

„Um Himmelsgotteswillen nein!"

„Also?"

---

98 Was sind das für Mätzchen?
99 hinuntergefallen

„Ich hab ihn empfohlen bekommen. Eine Empfehlung, die ich nicht ablehnen konnte. Sie kam nämlich direkt … direkt aus … aus dem Mund seiner Exzellenz."

„Welcher Exzellenz?"

„Von seiner Exzellenz dem Kanzler Metternich."

„So, so … Mein Intimfeind hat ihm also befohlen, den Gehilfen in Dienst zu nehmen. Und wie ist dies vonstattengegangen?"

„Nun, das zu erzählen, ist mir peinlich … Zwei Polizeispitzel des Kanzlers haben mich … im Kaffeehaus – wo ich mich in geselliger Runde zu politischen Äußerungen hinreißen hab lassen – verhaftet."

„Und?"

Der Prinz sah ihn aufmerksam an.

„Bei der Polizei wurde ich einem strengen Verhör unterzogen. Ich hab alles und noch mehr gestanden. Als ich dann in der Zelle g'sessen bin und g'scheppert hab wie ein Kluppensackl, ist plötzlich die Tür aufg'sperrt worden und seine Exzellenz is vor mir g'standen."

Der spindeldürre Mann fing neuerlich zu zittern an. Stockend erzählte er weiter:

„Ein Polizist hat mit donnernder Stimme g'sagt, dass mein Fall so schwerwiegend sei, dass sich der Staatskanzler Fürst Metternich persönlich um ihn kümmere. Vor Angst hab ich mir fast in die Hosn g'macht. Seine Exzellenz hat mir dann alle meine Verfehlungen, die ich im Verhör zugegeben hab, aufgezählt und gemeint, dass mir dafür gut und gerne zehn Jahre Festungshaft drohen. Ich winselte um Gnade, die mir seine Exzellenz nach kurzem Überlegen auch gewährte. Unter der Bedingung, dass ich bei meiner Landvermessung in Thernberg einen Geheimpolizisten als Gehilfen mitnehme. Und so geschah es dann."

Stille trat ein.

Der Erzherzog und Zahlbruckner blickten einander betroffen an.

Dann sagte Zahlbruckner in strengem Ton:

„Als er sah, was der Gehilfe in Thernberg alles anstellt und sabotiert, hat ihn der Gewissenswurm gepackt, und er räumte ihn aus dem Weg. War es so?"

Der Geometer stöhnte auf:

„Nein, so war es bei Gott nicht! Wieso soll der Kerl tot sein?"

„Weil er seit der Wirtshausrauferei wie vom Erdboden verschluckt ist."

Der Geometer raufte sich die Haare und zeterte:

„Aber der, der ist doch net tot! Der hat Fersengeld gegeben. Aus Angst davor, dass ihn der Leitner umbringt."

„Und warum glaubt er das?"

„Weil ich mich, nachdem ich bei der Rauferei zwei Watschen bekommen hab, auf mein Zimmer zurückgezogen und beim Fenster rausg'schaut hab. Da hab ich mit eigenen Augen g'sehn, wie er sich in Richtung Scheiblingkirchen aus dem Staub gemacht hat. G'rannt ist er, und dauernd umg'schaut hat er sich. Ob der Leitner nicht doch hinter ihm her is …"

Der tränende Eisberg

Eine märchenhafte Geschichte, erzählt nach einer Idee von
Isabell Karajan

Es war einmal ein Mädchen, das lebte am Rande einer Stadt,
die an einem großen Fluss lag. Gemeinsam mit seinem Großvater wohnte das Mädchen in einem wunderschönen alten
Haus. Mehrmals in der Woche fuhr es mit dem Fahrrad in die
Stadt, um Besorgungen zu machen. Am liebsten radelte das
Mädchen an dem großen Fluss entlang, weil es so gerne zusah,
wie er gemächlich und mächtig dahinströmte.

Es begab sich zu jener Zeit, dass eine gar große Veränderung
vor sich ging. Das Wetter wurde immer wärmer und trockener,
die gewaltigen Eisberge an den Polen der Erde schmolzen genauso wie die Gletscher hoch oben in den Bergen. Dort, wo
der große Fluss noch ein ganz kleines Bächlein war und als
Quelle aus einer Felsspalte hervorsprudelte. Diese Verände-
rungen des Wetters wurde von den Erwachsenen Klimawan-
del genannt, der gar viele Menschen beunruhigte. Andere be-
achteten ihn kaum, und wiederum andere bestritten sogar,
dass es so etwas wie einen Wandel des Klimas oder eine Er-
wärmung der Erdoberfläche gab. Das wiederum machte nicht
nur viele Menschen, sondern auch Kobolde, Elfen und Zwerge,
die unter den vormals schneebedeckten Spitzen der Berge
hausten, sehr traurig. Eines Tages, als sich eine große Schar
dieser Berggeister versammelte, brach lautes Wehklagen aus
und die zarten Elfen begannen, ob dieser schrecklichen Veränderung ganz bitterlich zu weinen. Das berührte auch die
Zwerge und zuletzt sogar die grimmigen Kobolde, sodass alsbald ein gewaltiger Strom an Tränen floss. Der versickerte aber
nicht zwischen den Felsspalten, sondern gefror und wurde zu
Eis. Zu einem gar gewaltigen Eisberg. Ächzend und knurrend
rutschte dieser Eisberg langsam die Felsen hinab, immer weiter

und weiter talwärts. Bis er schließlich mit einem gewaltigen „Platsch" in den Fluss fiel. Der Fluss hieß den Eisberg willkommen, umspülte ihn mit fröhlichen Wellen und trug ihn fort.

Als das Mädchen an einem grauen, windigen Tag wieder einmal den großen Fluss entlang Richtung Stadtmitte radelte, sah sie ihn. Vor Schreck und Verblüffung wäre es fast die Böschung hinuntergefahren. Da trieb doch glatt ein riesiger Eisberg auf die große Brücke zu, die die eine Hälfte der Stadt mit der anderen verband. Und als das Mädchen mit seinem Fahrrad dastand und vor lauter Erstaunen die Augen aufriss, machte es „Rummms". Der Eisberg war an der Brücke steckengeblieben, die nach dem Aufprall noch eine Zeitlang nachzitterte. Seine Spitze überragte die Brücke, so dass die Autos und Menschen auf der Brücke kleinwunzig wirkten. Alle starrten ungläubig auf den Eisberg, deshalb krachte es sogleich wieder, als mehrere Autos ineinanderfuhren.

Der Himmel sah das Chaos und die Verwirrung auf der Brücke. Weil er nicht helfen konnte, ließ er aus lauter Mitgefühl mächtige Tropfen fallen. Das Mädchen zog sich die Kapuze seiner Regenjacke über den Kopf und schob das Fahrrad zur Brücke. Es war wie verzaubert. Nicht von dem Drunter und Drüber auf der Brücke, sondern von der überwältigenden Erscheinung des Eisbergs. Und als es ganz nahe war, spürte es seinen Atem. Es war ein mächtig kalter Hauch, der dem Mädchen mit den nun sehr dicht fallenden Regentropfen entgegenwehte. Lang stand es da und bewunderte das gar einzigartige Schauspiel. Der Regen tropfte vom Kapuzenrand. Um die Schuhe bildete sich eine Pfütze, und Feuchtigkeit sickerte ganz langsam durch die Schuhe in die Socken. Aber das merkte das Mädchen nicht, denn etwas ganz anderes hatte es in den Bann gezogen. Der dichte und gar nicht kalte Regen prasselte auf den Eisberg nieder und wusch Schicht um Schicht des Eises ab. Dem Mädchen kam es vor, als ob der Eisberg weinte und an ihm Tränen herabfließen würden.

Während es den rasant schmelzenden Eisberg betrachtete, trafen Feuerwehrautos mit großem Trara und blau blinkenden Lichtern auf der Brücke ein. Auch die Polizei kam und sorgte dafür, dass alle Autos und Fußgänger die Brücke verließen.

Trotz des mittlerweile strömenden Regens hatten sich an beiden Ufern des Flusses Menschenansammlungen gebildet, die den an der Brücke hängenden Eisberg anstarrten. Doch wer genau – so wie das Mädchen es tat – hinsah, konnte erkennen, dass die Kuppe des Eisbergs immer niedriger und niedriger wurde. Ströme von Wasser flossen an ihm herab.

„Jetzt weint er, der Eisberg!", krähte ein Bub, und das Mädchen nickte zustimmend. Ein Pritschenwagen, der allerlei Geräte geladen und einen Kompressor angehängt hatte, fuhr nun auf die Brücke. Männer mit gelben Helmen auf dem Kopf stiegen aus, hängten den Kompressor ab und starteten ihn. Eine schwarze Wolke strömte aus seinem Auspuff und ein tiefes monotones Tuckern war zu hören. Die Männer schlossen dicke Schläuche und Presslufthämmer an den tuckernden Kompressor an, mit denen sie den Eisberg zu bearbeiten begannen.

Dem Mädchen krampfte es das Herz zusammen. Wie konnte man einem Wunder der Natur nur so gefühllos zu Leibe rücken? Kalte Schauer liefen ihm über den Rücken. Es schwang sich aufs Fahrrad und radelte davon.

Wie an jedem Abend saß auch heute der Großvater des Mädchens vorm Fernseher und sah sich die Nachrichten an. Das Mädchen setzte sich zu ihm, und was es erblickte, machte es sehr traurig. Ein großer Bagger war auf die Brücke gerollt. Er hatte einen langen gelben Arm, an dessen Ende ein gewaltiger Drucklufthammer befestigt war und dessen Stahlspitze gnadenlos in den Eisberg gerammt wurde. Eissplitter flogen, es krachte, ein gewaltiger Ruck erschütterte den Eisberg, und dann zerbrach er. Einige kleinere Teile wurden sofort von der Strömung mitgerissen. Der größte Brocken aber schob sich ächzend und knirschend unter der Brücke durch, wobei er sich an den mit bunten Graffitis verzierten Brückenpfeilern rieb. Dann trieb er flussabwärts und sah aus, als wäre er tätowiert worden.

Das Mädchen sprang auf, lief hinaus, setzte sich aufs Fahrrad und fuhr so schnell es konnte zum Fluss. Es erreichte keuchend das Ufer und sah, dass der tätowierte Eisbrocken nun an einer schmalen Brücke für Fußgänger und Radfahrer hing. Die bunte Tätowierung schimmerte im Regen, und auf der Brücke bearbeiteten nun Männer mit Presslufthämmern den Eisberg. Die Scheinwerfer mehrerer Kamerateams, die die Zerstörung des eisigen Naturwunders filmten, zerschnitten die Regennacht und tauchten die Szene in ein grelles Licht.

Das Mädchen sah, wie Stück um Stück vom Eisberg abgetragen wurde. Es beobachtete auch, wie die Tätowierungen im Dauerregen zerrannen und wie bunte Tränen in den Strom flossen. Dann wurde ein großes Stück Eis von einem der Presslufthämmer weggesprengt. Krachend landete es auf dem Asphalt der Uferpromenade und zerbarst dort in hundert Stücke. Ein faustgroßer Eisklumpen fiel ihm direkt vor die Füße. Es bückte sich und versuchte ihn aufzuheben, doch der Klumpen flutschte dem Mädchen aus den Händen. Es versuchte es wieder. Diesmal ganz vorsichtig, und es gelang. Fasziniert starrte das Mädchen ihn an und spürte, wie er in seinen warmen Händen dahinschmolz. Tränengleich rannen Wassertropfen über seine Finger. Der Eisklumpen wurde kleiner und kleiner. Dann war plötzlich ein Krachen zu hören. Erschrocken sah das Mädchen, dass die Spitze des Eisbergs fortgesprengt worden war. Knirschend schob sich der geköpfte Eisberg nun unter der Fußgängerbrücke durch. Er wurde von der Strömung erfasst und trieb schnell und immer schneller den Fluss abwärts, bis er im Dunkel der Nacht verschwand.

Als das Mädchen seine Hände anblickte, war kein Eis mehr da. Bis auf eine letzte dicke Träne, die über seine vor Kälte zitternden Finger lief.

Der Kreutzberger

Meine Damen und Herren, wie Sie bereits gemerkt haben, hat die Polizei das Weingut Gruber gesperrt. Warum? Natürlich nicht deshalb, weil den Grubers der Wein ausgegangen ist, sondern weil das Weingut ein Tatort ist. Tatort, verstehen Sie? Spurensicherung und so ... Ich sage nur: grauslich!

Wer ich bin? Ah so ... Ich muss mich ja bei Ihnen vorstellen. Julius Engelhardt, Privatdetektiv. Mit dt bitte. Nicht beim Detektiv, sondern beim Engel!

Ursprünglich war ich nur übers Wochenende zum Weinverkosten hier in der Gegend, aber als das grausliche Ereignis passiert ist, haben mich die Grubers gebeten einzuspringen, um ihnen in dieser schwierigen und äußerst delikaten Situation beizustehen. Nachdem man mich seitens des Weinguts und der örtlichen Sicherheitsbehörden über die Umstände aufgeklärt hatte, habe ich mich auch noch im Ort umgehört. Nun bin ich sozusagen der Pressesprecher der Grubers. Ich werde Sie informieren und Ihnen zeigen, wohin Verbrechen führen. Zum Beispiel in die Weinberge von Röschitz. Lachen S' net! Ein Kapitalverbrechen ist nicht lustig. Und schon gar nicht so eines ...

Also mir ist in meinem Berufsleben schon viel untergekommen, aber ich sage in diesem Fall nur eines: grauslich. Und wenn ich grauslich sage, dann meine ich das auch! Wie kann ein Mitglied der Dorfgemeinschaft, ein Mensch, der hier geboren und aufgewachsen ist, nur so enden?

Meine Damen und Herren, die Rede ist von Adalbert Kreutzberger. Und von seinen mysteriösen Umtrieben, die letztendlich zu dem führten, was geschehen ist.

Bitte folgen Sie mir. Begeben wir uns auf die Spuren von Adalbert Kreutzberger. Wir werden versuchen, die Hintergründe des Verbrechens aufzuklären. Ich sag nur … Aber nein, ich sag jetzt gar nix. Sie werden schon sehen …

*

Um den Adalbert Kreutzberger zu charakterisieren, muss man – nach einschlägigen Informationen hier im Ort – nur zwei Worte sagen: Marterln und Kapellen.

Ja, diese wunderbaren Kulturdenkmäler hier in den Weinbergen, die hatten es dem Herrn Kreutzberger angetan. Wenn er irgendwo einen Riss, ein abgehautes Eck oder bröselndes Mauerwerk gesehen hat, ist er immer gleich mit Maurerbrett, einem Kübel angerührtem Beton und Maurerkelle ausgerüstet hing'fahren und hat die demolierten Ecken und Kanten oder was sonst nicht in Ordnung war ausgebessert. Das tat er stets mit großer Liebe zum Detail, hat alles immer sauber verputzt und dann meistens auch noch einen Strauß Blumen hingestellt. Das kann Ihnen im Ort jeder bestätigen. Ja, der Herr Kreutzberger hat sich wegen der Marterln, Kapellen und Bildstöcke wirklich einen Haxen ausgerissen …

*

In der Steinleiten, die wir gerade raufgegangen sind, wird nicht nur Wein, sondern auch Honig geerntet. Da stehen die Bienenstöcke des Butz. Ja, so wird er genannt, der Herr Altmann, der übrigens ein Stückerl weiter oben noch mehr Bienenstöcke hat.

Und jetzt frag ich Sie: Können Sie sich vorstellen, dass man heute, in einer Zeit, in der die Bienen weltweit gefährdet sind, Bienenstöcke zumauert? Sie haben richtig gehört. Dem Butz hat vor zwei Wochen jemand die Ein- und Ausfluglöcher einiger Stöcke zugemauert. Gott sei Dank nicht von allen – wahrscheinlich hat den Wahnsinnigen irgendwer bei seiner Tat gestört. Und noch einmal Gott sei Dank, denn der Butz hat die eingemauerten Bienenvölker retten können.

Aber wer tut so was?

Nun, ich hab mit dem Butz heut am Vormittag geplaudert. Und wissen Sie was? Nach einigem Herumgerede ist er plötzlich fuchsteufelswild geworden und hat den Adalbert Kreutzberger beschuldigt, diese Sauerei mit den Bienenstöcken verbrochen zu haben. Also ich wollt das ja gar nicht glauben. Aber der Butz hat dann erzählt, dass seine Frau Gemahlin den Kreutzberger angehimmelt hat. Und dass sie ihm immer einen Schluck Wein und eine Jause vorbeibrachte, wenn er ein Marterl renoviert hat. Als der Butz den Kreutzberger deswegen zur Rede gestellt hat, ist der ganz wild g'worden und mit den Fäusten auf ihn losgegangen. Na und da hat sich der Butz gewehrt und dem Kreutzberger ein Lipperl g'schlagen. Am Abend hat dann dem Kreutzberger seine Frau, Sonja heißt sie, daheim einen ordentlichen Krach g'macht. Weil sich die G'schicht natürlich im ganzen Ort herumgesprochen hat.

Jedenfalls ist der Butz überzeugt, dass ihm der Kreutzberger die Bienenstöcke zugemauert hat. Weil mit dem Maurern hat der's ja g'habt, der Kreutzberger. Sei's wie es sei, jetzt geht's weiter auf den Reipersberg. Dort ist nämlich auch eine äußerst merkwürdige G'schicht passiert …

*

Ja, da kommt man ganz schön ins Schnaufen, wenn man auf den Reipersberg raufgeht. Genauso ist es auch dem Kreutzberger seiner alten Mutter gegangen. An einem heißen Sommertag hat sie schließlich hier oben ihren letzten Schnaufer gemacht. Der Hitzschlag hat sie getroffen. Der Kreutzberger, der irrsinnig an seiner Mutter gehangen ist, war am Boden zerstört. Einige Wochen lang war der nur ein Häuferl Elend, haben s' mir im Dorf erzählt. Kein einziges Marterl hat er in dieser Zeit renoviert. Und dann sind er und sein Sohn eines Tages mit dem Traktor hier auf den Reipersberg heraufgefahren und haben eine Fuhre Ziegel abgeladen. Der Gruber Ewald, vom Weingut Gruber, hat das zufällig gesehen und die beiden gefragt, was sie da tun. Drauf hat der alte Kreutzberger den Ewald angeschrien:

„Scher di um dein eigenen Dreck!"

Und als der Ewald ganz ruhig gemeint hat, dass man ja wohl noch fragen dürfe, hat der Kreutzberger weitergetobt:

„Na was werd i hier schon machen? A Kapelle bau ich. Für meine verstorbene Frau Mutter. Weil des war eine Heilige."

Der Ewald Gruber hat das umgehend dem Bürgermeister erzählt, und der ist sofort mit zwei Gemeinderäten auf den Reipersberg hinaufgefahren. Der alte und der junge Kreutzberger hatten gerade das Fundament der Kapelle ausgehoben. Als der Bürgermeister den Alten fragte, ob er eine Baugenehmigung habe, wurde er angeschnauzt:

„Burgermaster, du weißt genau, dass ich ka Baugenehmigung hab. Aber auf die wird g'schissen. So an riesigen Haufen!"

Dabei hat er auf den bereits ausgehobenen Erdhaufen gedeutet.

Na, und dann ist der Bürgermeister in Saft gegangen. Es hat einen Riesenstreit gegeben, und schließlich sind die Fäuste geflogen. Wobei die beiden Gemeinderäte dem Bürgermeister natürlich geholfen haben. Schließlich sind der alte und der junge Kreutzberger fluchend und schimpfend mit ihrem Traktor samt Baumaterial abgezogen.

Die Grube für das Fundament hat der Bürgermeister am nächsten Tag von Gemeindearbeitern zuschütten lassen. Zwei Tage später wurden dann allen dreien – dem Bürgermeister und den beiden Gemeinderäten – die Haustürschlösser mit Superkleber verpickt. Eine Woche drauf hat jemand im Gemeindeamt mehrere Fensterscheiben eingeschlagen und in das ganze Erdgeschoss Gülle gepumpt. Da waren der Bürgermeister und die Gemeinderäte ganz schön sauer. Nur dem Kreutzberger haben s' nix nachweisen können.

*

So, wir sind jetzt bei einem neu angelegten Weingarten der Grubers. Mich erfreut so ein Anblick immer. Ein neuer Weingarten garantiert, dass uns Österreichern auch in Zukunft der Wein nicht ausgehen wird. Sie lachen? Waren Sie in den letzten Jahren einmal in Norddeutschland, Holland, Dänemark oder Schweden und haben dort in die Weinkarten geschaut? In jedem besseren Restaurant gibt's zumindest einen Grünen Veltliner aus Österreich. Ich sag Ihnen, da wird einem als Österreicher und Veltliner-Freund angst und bang! Stellen Sie sich vor, die ganze Welt trinkt uns unseren Grünen Veltliner weg …

Junge Veltliner-Stöcke pflanzen wollte übrigens auch dem Kreutzberger sein Sohn auf einem Grundstück, das der Familie gehört. Ich mein, die Kreutzbergers haben ja nur zweieinhalb Hektar, von denen ein halber brachliegt. Aber genau dort wollte der Junior, der noch auf die Weinbauschule geht, seinen eigenen, kleinen Weingarten pflanzen. Und wissen Sie, was der Senior dann gemacht hat? Nachdem der Junior mit Hilfe seiner Mutter in schweißtreibender Arbeit die Weinstöcke gepflanzt hatte, ist der Alte mit seinem Traktor gekommen und hat alles platt gemacht.

Der Grund für diese Racheaktion war: Am Vorabend hat's wegen irgendeiner Kleinigkeit einen Familienstreit gegeben. Jedenfalls hat der junge Kreutzberger zu seiner Mutter gehalten und dem Alten kräftig Kontra gegeben. Der Alte ist dann wutentbrannt zu einem Heurigen und hat sich fürchterlich ang'soffen. Dort hat er schon angekündigt, dass er am nächsten Tag seinem Sohn eine Lektion erteilen würde. Und so kam es, dass er den ganzen neu ausgesetzten Weingarten ruiniert hat.

Da sehen Sie: Der Kreutzberger ist kein feiner Mensch, und zum Wein hat er auch keinen Bezug. Weil sonst hätt er das nicht getan.

*

Wir sind jetzt in der Lauschen. Hier gibt's nicht nur Wein, sondern auch Wild. Und zum Thema Wild hab ich wieder eine arge Geschichte über den Kreutzberger. Einer der Jagdpächter dieses Reviers, der Karl, hat da heroben Schüsse gehört. Er ist hergerannt und hat gemeint, dass er den alten Kreutzberger mit einem erlegten Hasen in der Hand davonrennen g'sehn hat. Der Karl ist übrigens auch Gemeinderat. Einer der zwei, mit denen der Kreutzberger am Reipersberg g'stritten hat und dem nachher die Haustür zupickt worden ist.

Im Ort unten ist der Karl schnurstracks zum Haus vom Kreutzberger gegangen. Daheim ist nur die Sonja gewesen, die dem Karl bereitwillig den Hof, die Küche und die Speisekammer gezeigt hat. Nirgendwo war eine Spur vom erlegten Hasen oder vom Kreutzberger.

Einen Tag später hat dann die Pichlerin, eine Witwe, die früher Köchin in Wien war, ein Hasenragout zubereitet, dessen Duft sich durch den halben Ort gezogen hat. Der Karl war noch immer verärgert und stellte sie zur Rede. Plötzlich ist die Tür zum Nebenraum aufgemacht worden, der Kreutzberger ist gekommen und hat mit dem Karl Streit angefangen.

Der Karl ist dann nach Eggenburg gefahren und hat den Kreutzberger wegen Wilderei angezeigt. Er drängte die Polizisten, das Haus der Pichlerin zu durchsuchen. Und als das passiert ist, was haben s' in der Pichlerischen Tiefkühltruhe gefunden? Ein halbes Reh und zwei Wildhasen. Da haben sie den Kreutzberger, der mit dem Sohn der Pichlerin in der Küche gesessen ist, festnehmen wollen. Doch der Kreutzberger, der übrigens schon ziemlich betrunken war, hat beharrlich geleugnet und seelenruhig das Hasenragout aufgegessen. Als der Kreutzberger mit dem Essen fertig war, hat er plötzlich behauptet, die Pichlerin hätte das Fleisch von Wilderern billig bezogen. Da ist die Pichlerin stinksauer geworden und hat ausgepackt. Dass sie mit dem Kreutzberger seit ein paar Jahren ein Pantscherl hat und dass er ihr immer frisches Wild liefert. Nun ist der Kreutzberger aufgesprungen und hat ihr eine Watschn gegeben. Na mehr hat's nicht braucht. Der Sohn der Pichlerin ist dem Kreutzberger an die Gurgel gangen. Die Polizisten haben dann die Raufbolde mit Müh und Not getrennt. Den tobenden Kreutzberger haben sie aufs Revier mitgenommen, wo sie ihn zur Beruhigung und Ausnüchterung in eine Zelle gesperrt haben.

*

Einen Tag später, also gestern, haben die Polizisten den Kreutzberger wieder laufen lassen.

Und heute – ich muss es jetzt einfach sagen – ist er tot.

Mysteriöserweise ist er am frühen Morgen kopfüber an einem Fuß hängend hier im Weinkeller der Grubers aufgefunden worden. Seitdem ist die Polizei im Weingut und hat die Tatortspuren gesichert. Es wurden alle befragt, die mit dem Kreutzberger jemals zu tun hatten. Durch Röschitz schwirren jetzt natürlich unzählige Gerüchte. War es Mord? Oder ein Unfall? Aber warum gerade im Weingut Gruber? Und wenn es Mord war, wer hat den Alten umgebracht?

*

Meine Damen und Herren, erschrecken Sie bitte nicht! Was hier hängt, ist eine Puppe von der Tatrekonstruktion, die gerade stattgefunden hat. Ja, die Polizei hat den Fall geklärt. Ja, es war ein gewaltsamer Tod. Wobei das Gericht entscheiden muss, ob es Mord, Totschlag oder Notwehr war.

Wie die Polizei dem Täter auf die Schliche gekommen ist?

Nun, die Ermittler haben alle, die mit dem Kreutzberger irgendwann einmal über Kreuz waren, einbestellt und verhört. Jeden haben sie einzeln befragt und sämtliche Angaben überprüft.

Dabei ist Folgendes herausgekommen:

Der Butz, der Bürgermeister und der Gemeinderat Karl sowie sein Kollege, der seinerzeit mit am Reipersberg war, können's nicht gewesen sein. Denn zum Todeszeitpunkt vom Kreutzberger zwischen 23 Uhr und Mitternacht sind die alle beisammen im Weinkeller vom Bürgermeister gesessen und haben dort Wein verkostet. Verdächtiger waren die Pichlerin und ihr Sohn Peter. Die haben sich gegenseitig ein Alibi gegeben. Sie waren angeblich gemeinsam daheim. Die Nachbarn haben allerdings bei der Pichlerin jemanden ein- und ausgehen gesehen. Als sie die Pichlerin mit dieser Aussage konfrontierten, hat's zum Stottern und Heulen angefangen. Langer Rede kurzer Sinn: Die lustige Witwe hatte Männerbesuch aus dem Dorf. Wer das war, hat die Polizei aus Diskretionsgründen für sich behalten. Die Ermittlungen haben außerdem ergeben, dass Peter bei seiner Freundin in Retz war. Mit dem falschen Alibi wollte er seine Mutter decken.

Schließlich waren als Tatverdächtige nur mehr die Kreutzberger Sonja und ihr Sohn übriggeblieben. Die Sonja schaut übrigens fürchterlich aus: ein blaues Aug, aufgeschlagene Lippen, die Nase gebrochen. Außerdem hat's an den Unterarmen lauter blaue Flecken, die eindeutig von Abwehrbewegungen stammen. Die Sonja ist nur dagesessen und hat geheult. Kein Wort haben die Polizisten aus ihr herausgebracht.

Dann haben die Ermittler herausgefunden, dass der junge Kreutzberger kurz nach Mitternacht heimgekommen ist. Mit dem Moped. Das macht so einen Krach, dass es die Nachbarn nicht überhören konnten. Nun haben sie sich sein Handy vorgenommen und zwei unbeantwortete Anrufe der Mutter gefunden. Dann hat sie ihm kurz nach elf Uhr folgende SMS geschickt:

HILFE! KOMM BITTE SOFORT HEIM!

Und das war's dann. Als die Polizisten der Frau das Handy ihres Sohnes und die SMS gezeigt haben, erzählte sie, von Weinkrämpfen geschüttelt, wie der Kreutzberger gestern Nacht im Vollrausch durchdrehte und nicht mehr aufgehört hat, auf sie einzudreschen.

„I hob dacht der bringt mi um …"

Irgendwie ist es ihr trotzdem gelungen, sich das Bügeleisen vom Tisch zu schnappen und es mit aller Kraft gegen seinen Schädel zu schleudern. Dann war endlich Ruhe. Im Mistkübel der Kreutzbergers fanden die Polizisten das blutverschmierte und demolierte Bügeleisen.

Warum aber wurde der Kreutzberger im Weinkeller der Grubers kopfüber aufgehängt? Das fragten die Ermittler den jungen Kreutzberger, und der hat das so erklärt:

„Dass der Ewald Gruber uns beim Bürgermeister wegen der Kapelle für die Oma angeschwärzt hat, das hab ich ihm nie verziehen. Deshalb hab ich ihm auch den Schlüssel zum Weinkeller gestohlen. Aus Rache. Obwohl ich damals noch nicht g'wusst hab, was ich mit dem Schlüssel anfangen soll … Die Oma war übrigens die Einzige, die den Papa zur Raison bringen konnte, wenn der wieder einmal durchgedreht hat. Als die Oma tot war, haben die Mama und ich oft die Hölle auf Erden erlebt … Ich bin nach Mitternacht heimgekommen. Der Papa ist tot dagelegen, und ich hab mir dacht, ich pack ihn in die Scheibtruhn und führ ihn zum Gruberschen Weinkeller. Dort hab ich ihn kopfüber aufgehängt, damit der Ewald einen ordentlichen Schreck bekommt. Warum ich die Leiche meines

Vaters aufgehängt hab? Na weil man solche Verbrecher wie ihn früher meistens aufgehängt hat."

Lupino in Röschitz

Sie waren ihm dicht auf den Fersen. Und sie kamen immer näher. Deutlich konnte er ihr Lachen hören. Wie wenn sie ihn verhöhnen wollten. Er rannte und rannte. Schweiß. Angst. Entsetzen. Und dann war da plötzlich diese Röhre. Massiv aus Beton. Er hechtete hinein. Der Aufprall war schmerzhaft. Rasendes Herzklopfen. Würden sie vorbeirennen oder … Kein oder. Denn schon waren sie rund um ihn in der engen Röhre. Eiskaltes Grauen. Sein Herz drohte stillzustehen. Aber sie taten ihm nichts. Im Gegenteil, sie umschmeichelten ihn. Wie Kuscheltiere schmiegten sie sich an seinen Körper. Er begann sich rundum wohlzufühlen und friedlich einzuschlummern. Sein letzter Gedanke war: Sie sind ja total lieb, die Gruberschen Weingeister …

In der Früh wachte er am Bettvorleger auf. Seine linke Seite, auf die er in der Nacht beim Sturz aus dem Bett gefallen war, schmerzte. Mühsam kroch er ins Bett zurück und erinnerte sich allmählich an die Ereignisse des vergangenen Tages.

Er war aus Venedig in Wien Schwechat gelandet, wo ihn seine Cousine Maria mit dem Auto abgeholt hatte. Die Fahrt ging vom Flughafen direkt nach Röschitz. Hier hatte seine Mutter Verwandte, die Grubers.

Lupino Severino wurde vom österreichischen Teil seiner Familie herzlich in Empfang genommen. Albert Gruber, der Bruder des Familienoberhauptes Ewald, gab ein Fest beim Heurigen, mit unzähligen Weinproben und deftigen Schmankerln. Lupino, der hier von allen Wolfgang gerufen wurde, war die kräftigen Röschitzer Weine nicht gewohnt. Deshalb war er um Mitternacht mit einem Mordsmugel-Rausch zuerst ins und später aus dem Bett gefallen. Beim Frühstück blieb Lupino eher wortkarg. Danach legte er sich noch einmal für zwei Stunden aufs Ohr.

Sonnenstrahlen kitzelten sein Gesicht, als er gegen Mittag erwachte. Er fühlte sich nun bestens ausgeruht und – nachdem er ein großes Glas Wasser getrunken hatte – auch wieder wohl in seiner Haut. Da niemand im Haus war, beschloss er, einen Spaziergang zu machen.

*

Er schlenderte vor zum Maignerbach, überquerte ihn und wanderte dann immer geradeaus zwischen Weingärten den Berg hinauf. Da der letzte Teil der Straße ein Hohlweg war, genoss er – oben angekommen – die herrliche Aussicht. Vor ihm lag der Reipersberg mit seinen Weingärten, und er musste an den „Weinviertel DAC Terrasse Reipersberg" denken, den er mit großem Vergnügen genossen hatte.

Vor einem steinernen Marterl mit der Aufschrift „Gottesmutter bitt für uns" hielt er kurz inne. Ein heimeliges Gefühl überkam ihn, denn diese Inschrift erinnerte ihn an die Votivtafeln, die man in Venedigs Kirchen oft sah.

Ein Stück weiter oben stand ein altes weißes Steinhaus, zu dem es ihn hinzog. Er grinste. Als Italiener im Allgemeinen und als Venezianer im Besonderen war das kein Wunder. Er dachte an einen Ausspruch seiner Mutter, dass er „a Herz fia oide Stana hot". Auf Wienerisch, so wie es seine Mutter ihm beigebracht hatte.

Bei dem weißen Häuschen angekommen, warf er neugierig einen Blick hinein. Doch außer einem kahlen Ziegelboden und Fensterschlitzen, durch die das Licht einfiel, gab es nichts zu entdecken. Der Wind wehte durch sein Haar, die Bäume rauschten, sonst war es mucksmäuschenstill. Eine Stille, die sich plötzlich wie ein bleiernes Hemd auf Lupinos Brust senkte. Schließlich war er ja den Trubel und die rege Geschäftigkeit Venedigs gewohnt. In den Nächten hört man in seiner Heimatstadt zumindest das Plätschern des Wassers in den Kanälen. So eine Stille wie hier war ihm unheimlich. Deshalb formte er die Hände zu einem Trichter und rief laut:

„Hallo!"

Niemand antwortete. Bevor er abermals rief, wanderte sein Blick zur Weinviertelwarte hinüber, und es war ihm, als wäre dort eine Gestalt, die ihm zuwinkte. Sie schien zu schwanken und war plötzlich verschwunden.

Merkwürdig, dachte er, als er sich auf dem Holzbankerl vor der Hiatahütte niederließ. Vielleicht war alles nur Einbildung? Oder ein Gruß der Weingeister, die anscheinend nicht nur nächtens durch seine Träume, sondern auch tagsüber durch die Weingärten wandelten.

*

Eine Leiche!, schoss es Lupino durch den Kopf, als er auf der Weinviertelwarte oben stand und hinunter zu den Betonröhren am Fuße der Warte blickte. Er hatte jetzt keine Augen mehr für das Panorama, das sich ihm ringsum bot. Hier vom Mühlberg aus konnte man bis Pulkau, Retz und noch weiter sehen. Das Einzige, was er nun sah, waren die zwei Beine, die aus einer der Betonröhren ragten. Beine in ausgebleichten Jeans. Weiße Socken in weißen Sneakers. Nachdem er den ersten Schreck überwunden hatte, rannte er die Stahltreppe hinunter zur Betonröhre.

War das die Gestalt gewesen, die ihm vorher zugewinkt hatte? Oder wer anderer?

Lupino starrte in die Röhre. Die Beine gehörten zu einem Mann mittleren Alters, soweit er das erkennen konnte. Seine Gesichtszüge waren schwammig, das Gesicht käsig-weiß. Kein Wimpernschlag, kein Atemzug.

War das nicht …?

Klar! Das war Schmittke! Der deutsche Urlauber, der gestern Abend ebenfalls den Gruberschen Heurigen besucht hatte.

Ein Alkoholiker der alten Schule: laut, aufdringlich, streitsüchtig. Der Mann hatte mit Lupino Streit angefangen. Wegen Berlusconi. Als hätte Lupino diesen Politclown und dessen Viagrakadabra jemals gewählt! Zum Glück konnte sein Onkel den Deutschen beruhigen, so dass der sich dann auf seine Frau konzentrierte, um ihr den restlichen Abend mit peinlichen Sprüchen auf die Nerven zu gehen.

Lupino fasste sich ein Herz, packte Schmittke bei den Füßen und begann, ihn aus der Röhre zu ziehen. Aber halt! War das nicht ein Riesenblödsinn?

Er als ehemaliger Polizist sollte wissen, dass man einen Tatort nicht verändern durfte. Und schon gar nicht die Lage einer Leiche!

Lupino ließ die Beine des Mannes sofort wieder los. Mein Gott! Wieso starb hier oben jemand? Noch dazu an so einem merkwürdigen Platz. In einer Röhre.

Lupino trat einen Schritt zurück und betrachtete die nur mehr zur Hälfte in der Röhre steckende Leiche. Santa Maria! In was war er da hineingeraten? Dabei wollte er doch nur die Verwandten seiner Mutter besuchen! Was würde passieren, wenn man ihn mit dem Toten in Verbindung brächte? Seine Fingerabdrücke befanden sich überall.

Che cazzo!

Würde man ihm glauben, dass er unschuldig war? Dass er zu dieser verdammten Leiche wie die sprichwörtliche Jungfrau zum Kind gekommen war? Was tun? Am besten sofort hinunter in den Ort, zur Familie!

*

Im Laufschritt hetzte er zurück. Sein Weg führte durch einen Hohlweg und dann entlang der Friedhofsmauer. Hinter dem Friedhof lag die Röschitzer Pfarrkirche, davor der Pfarrplatz.

„Padre! Scusi! Padre!", keuchte Lupino, als er den Röschitzer Pfarrer in einiger Entfernung vor sich erblickte. In seiner Aufregung rief er – naturalmente – auf Italienisch. Doch der Pfarrer hörte ihn nicht, also beschleunigte Lupino seinen Schritt, um ihn noch zu erwischen.

„Herr Pfarrer! Herr Pfarrer!", rief er, diesmal nicht in seiner Muttersprache, sondern in der Sprache seiner Mutter. Doch der geistliche Herr verschwand durch eine grüne Holztür hinter einer langen grauen Mauer.

„Verdammt!"

Sein Blick schweifte über den Pfarrplatz. Röschitz schien wie ausgestorben zu sein. Resigniert ging er weiter zur Hauptstraße. Von da aus nahm er rechts die Brücke über den Maignerbach und wanderte bachaufwärts. Nach jeder Bachbiegung hoffte er, endlich das Weingut der Grubers zu erspähen.

*

„Hallo?"

Die Hintertür, die in den Gruberschen Weinkeller führte, war wie so oft nicht abgesperrt. So gelangte Lupino ohne Probleme ins Haus, geisterte zwischen den riesigen Stahltanks hin und her und rief verzweifelt nach seinen Verwandten. Seine Stimme verhallte, ohne dass jemand antwortete.

Lupino stieg über die Stahltreppen hinauf ins Wohnhaus.

„Ich bin's Wolfgang, ist jemand da?"

War da nicht ein Geräusch im Weinkeller? Er rannte noch einmal zurück, die Stahltreppen hinunter, er schaute sogar in den historischen Weinkeller, in dem es ziemlich kalt war.

Doch plötzlich herrschte wieder Stille. Gänsehaut kroch Lupinos Rückgrat hinauf und er spürte, wie ein kalter Hauch ihn umwehte. Die Gruberschen Weingeister! Sie waren offensichtlich die einzigen Seelen in dem verlassenen Gebäude. Fröstelnd trat Lupino hinaus in den Hof.

Kein einziges Auto stand da, es gab kein Lebenszeichen, nichts.

Außen an der Tür, die in den Verkostungsraum führte, entdeckte er einen Zettel. Auf ihm stand geschrieben:

Sind in der Kellergasse im Zisskeller.

Im Zisskeller? Also nicht beim Heurigen! Wo befand sich dieser verdammte Zisskeller?

Lupino eilte hinaus auf die Straße und hatte diesmal Glück: Eine alte Frau kam des Weges. Aufgeregt fragte er sie:

„Entschuldigung, wo bitte ist der Zisskeller?"

Zweimal musste er die Frage wiederholen, denn die alte Dame war schwerhörig. Als sie ihn schließlich verstanden hatte, antwortete sie:

„Do! Des Gasserl rauf und daun immer gradaus. Beim weißen Keller links und daun rechts über die Wiesn zum Primariussteig. Dort unt'n is daun dem Ziss Koal sein Keller …"

Lupino bedankte sich und machte sich auf den Weg.

*

„Ja, was soll ma da tun? Soll ma rauf auf den Mühlberg fahren und nachschauen? Was meinst, Wolfgang?", fragte Karl seinen italienischen Großneffen. Bevor Lupino jedoch antworten konnte, mischte sich Herr Beranek, ein Gast aus Wien, ein:

„Was hab ich g'hört? Der Schmittke, der g'schissene Pifke, hat a Bankl g'rissen?" Er nahm einen Schluck Wein und fuhr fort: „Recht geschieht ihm, dem Ungustl. Der hat mich gestern im Suff beleidigt, das war schon nimmer feierlich. Ich hab mir vorg'nommen, dass ich mir'n heut vorknöpf. A paar Hauswatschn waratn das Mindeste, was der von mir kriegt. Aber wann er jetzt tot is …"

Und der Angaser-Hansi aus dem nahen Stoitzendorf stimmte zu:

„A paar Watschn für'n Schmittke? Da bin i dabei. Weil mit dem Sauhund hab i a no a Rechnung offen …"

Lupino blieb die Sprache weg. Der Schmittke hatte also nicht nur mit ihm angehängt, sondern auch mit etlichen anderen. Ob einer von denen ihn oben am Mühlberg erschlagen hat? Der Beranek war ein ganz schöner Riegel. Wenn der dem Schmittke eine Ordentliche in die Gosch'n gehaut hat und der dann unglücklich umgefallen ist …

„Als Erstes ruf ma amoi die Polizei", sagte Maria Gruber, während sie auf ihrem Handy herumtippte. Sie sprach mit dem Polizeiposten in Eggenburg und erfuhr, dass der Kommandant des Postens gerade in Röschitz bei den schottischen Hochlandrindern am Galgenberg war. Der diensthabende Polizist versprach, sofort zum Mühlberg zu fahren, den toten Mann zu bergen und alles Notwendige einzuleiten.

Lupino jedoch machte sich gemeinsam mit seiner Cousine Maria auf den Weg zum Galgenberg, um dort den Postenkommandanten zu informieren.

*

„Den Postenkommandanten sucht ihr? Na der is gerade weg. Runter zum Steinbruch is er gangen, dort bereiten s' ja das große Jugendfest vor."

„Und warum interessiert ihn das?", wollte Lupino wissen.

Der Züchter der schottischen Hochlandrinder sah Lupino an, als ob er ein bisserl dumm oder zumindest öfters auf den Kopf gefallen wäre.

„Wegen seiner Tochter … Deswegen war er ja heroben am Galgenberg und hat sich meine Viecher ang'schaut."

„Was haben denn Ihre Rinder mit seiner Tochter zu tun?"

Nun starrte der Mann Lupino an, wie wenn der das größte Rindvieh hier am Galgenberg wäre.

Erklärend sprang Maria Gruber ein:

„Das kannst net wissen, Wolfgang. Aber der Postenkommandant hat a Tochter, die in zwei Monaten heiraten wird. Einen Großkopferten, einen G'stopften aus Wien. Da will sich der Herr Postenkommandant nicht lumpen lassen und plant deshalb ein Riesenhochzeitsfest."

„Ah, Sie san net von do? Na das is was anderes. Da schaun S'! Sehen S' den prachtvollen jungen Bullen dort drüben? Den hat er sich vorher ausg'sucht. Der wird fürs Hochzeitsfest g'schlachtet und an einem Riesenspieß braten. Das Fest soll unten im Steinbruch über die Bühne gehen."

„Na, dann nix wie runter in den Steinbruch", murmelte Lupino.

*

„Mensch, haben Sie 'nen Gespritzten für mich?"

Die kleine Menschengruppe, die im Steinbruch beisammen stand, schien wie paralysiert, als sie Schmittkes Stimme hörte. Es waren der Postenkommandant aus Eggenburg, zwei seiner Beamten, Lupino Severino, Maria Gruber und Frau Schmittke. Letztere war mit den zwei Beamten im Polizeiwagen kurz vorher im Steinbruch eingetroffen.

Maria Gruber öffnete die Kühlbox und entnahm ihr eine Flasche Wein, ein Glas und eine Mineralwasserflasche. Dann mixte sie einen G'spritzten, den sie Schmittke reichte. Gierig stürzte er den Spritzwein hinunter. Statt sich zu bedanken, maulte er:

„Dat is aber 'ne Rabiatperle, mein Lieber. Da muss ich doch glatt einen Schluck von meinem Kräuterbitter nehmen ..."

Aus der hinteren Tasche seiner Jeans zog er eine flache Flasche mit dunkler Flüssigkeit, setzte an und trank. Dann grunzte er zufrieden:

„Ahh!"

Ein Rülpser folgte.

Die Anwesenden starrten ihn noch immer an wie eine Erscheinung. Seine Frau ging schließlich auf ihn zu und umarmte ihn:

„Mensch, Kai-Uwe, hast du mir'nen Schrecken verpasst …“

Er wehrte ihre Umarmung ab, griff wieder zur Magenbitter-flasche und trank sie leer. Suchend sah er sich um, holte tief Luft und begann zu schimpfen:

„Euch Ösis geht die Umwelt wohl am Arsch vorbei. Nicht mal'nen Container für Altglas habt ihr hier. Sauerei so was!“

Er warf die leere Magenbitterflasche hinter sich ins Gebüsch und wandte sich an Maria Gruber:

„So, auf dieses picksüße Zeuch brauche ich noch'n Gespritzten!“

Peinlich berührt reichte sie ihm ein Glas, das Schmittke in einem Zug leerte.

Der Postenkommandant trat auf die vermeintliche, nun aber quietschlebendige Leiche zu und sagte in strengem Ton:

„Herr Schmittke, stimmt es, dass Sie oben am Mühlberg in einer Betonröhre gelegen sind?“

„Das geht Sie'nen feuchten Kehricht an, würde ich sagen …“

„Meine Männer sind wegen Ihnen auf den Mühlberg gefahren. Als sie Sie oben nicht gefunden haben, sind sie dann zu Ihrer Frau und anschließend hierher in den Steinbruch gekommen. All das hat Zeit gekostet. Ist Ihnen das klar, Herr Schmittke?“

„Na dann verklagen Sie mich mal, Sie Würstchen in Uniform.“

Der Polizeikommandant trat auf Schmittke zu, der plötzlich schwankte. Vornübergebeugt torkelte er zwischen den Anwesenden umher und fiel schließlich um. Trotz intensiver Wiederbelebungsversuche durch die Anwesenden, allen voran seitens seiner Frau, war Kai-Uwe Schmittke nicht mehr zu retten.

*

Einen Tag später, am Polizeiposten in Eggenburg.

Lupino zog mit einem Papiertaschentuch ein Medikamentenpäckchen aus der Tasche, schüttelte es und sagte:

„Leer, obwohl die Schachtel erst vorgestern in der Apotheke hier in Eggenburg gekauft worden ist.“

Einer der Polizeibeamten wollte das Päckchen nehmen, doch Lupino warnte:

„Greifen Sie es nur mit einem Taschentuch an. Es sind ganz sicher Fingerabdrücke drauf."

Der Polizist tat wie von Lupino verlangt. Ratlos betrachtete er die Packung, auf der „Zoldem" stand. Sein Kollege klärte ihn auf.

„Ein Schlafmittel. Ein irrsinnig starkes. Man darf als Erwachsener höchstens zehn Milligramm pro Tag nehmen. Meine Frau hat das verschrieben bekommen nach dem plötzlichen Unfalltod ihrer Eltern. Weil s' solche Schlafstörungen g'habt hat. Wo haben S' denn das leere Packerl gefunden?"

Lupino antwortete:

„Mehr oder weniger in Frau Schmittkes Handtasche."

„Was heißt mehr oder weniger?"

„Na als sie sich über ihren Gatten gebeugt hat und ihr Theater mit den hektischen Wiederbelebungsversuchen losgegangen ist, fiel ihr das Packerl aus der Handtasche. Heute Morgen hab ich den Namen des Medikaments gegoogelt. Wie Ihr Kollege bereits sagte, ist es ein schweres Schlafmittel, das nicht mit Alkohol eingenommen werden darf. Der Giftnotruf Erfurt in Deutschland führt auf seiner Website ein Fallbeispiel an, bei dem eine Frau nach Einnahme von Alkohol und Zoldem innerhalb von vier Stunden gestorben ist."

„Und wie soll Frau Schmittke es ihrem Mann verabreicht haben? Hat sie es ihm in den Wein geschüttet?"

„In den Kräuterbitter, den sie vorgestern gekauft hat. Am Bauernmarkt. Da hat der Schmittke gar nix geschmeckt."

Aus der Außentasche seines Sakkos zog er – wieder mit einem Taschentuch – die leere Kräuterbitterflasche heraus, stellte sie den Polizisten auf den Tisch und fügte hinzu:

„Beim Wein hätte der Schmittke sofort was gemerkt. Da hätten seine Geschmackspapillen, angestiftet von den Gruberschen Weingeistern, sofort Alarm geschlagen. Beim Kräuterbitter schmeckte er nichts, niente."

I'm on fire

„Plopp!" „Plopp!" „Plopp!"

Die Kugeln der schallgedämpften Schüsse pfeifen ihm um die Ohren.

„Merda!"

Ein Projektil streift seinen Kopf. Brennt wie die Hölle. Nichts wie weg. Ein Sprung durchs Fenster in den Garten. Flanke über die Mauer. Ins Nachbarhaus rennen. Durch den Hausflur. Haustür aufreißen, hinaus auf die Fondamenta dei Tolentini, über die Brücke. Durch die Giardini Papadopoli über eine weitere Brücke zur Piazzale Roma. Hinein ins Parkhaus. Stiegen hinauf ins zweite Obergeschoss. Beim Laufen Autoschlüssel aus der Tasche fischen. Auto entriegeln, Autotür aufreißen. Starten, Gas geben. Mit quietschenden Reifen die engen Kehren des Parkhauses hinunter. Griff ins Handschuhfach. Parkkarte rausholen. In den Automaten stecken, Schranken schnellt hoch. Tritt aufs Gaspedal. Autobus schneiden, Zickzack durch Touristen, hinaus auf den Damm, der Venedig mit dem Festland verbindet.

*

Im Kanaltal kommt bleierne Müdigkeit. Augen kaum mehr offen zu halten. Ankündigungstafel „Fell Est". Etwas vom Gas. Fenster runter. Kalter Fahrtwind streicht über Wunde am Schädel. Brennen. Beginnender Kopfschmerz. Kampf der Augenlider. Offen halten, offen halten ... Vaffanculo! Schleudern. Weg vom Gas. Schweißausbruch. Gerade noch geschafft. Das Fahrwerk der S-Klasse-Limousine konnte Konsequenzen des Sekundenschlafs gerade noch austarieren.

Ausfahrt zur Raststätte. „Fell Est". Parkplatz suchen. Fenster zu. Verriegeln. Hinein in die Raststätte. Sieht aus wie aus einem Flintstonemovie.

„Un doppio, per favore!"

Das schwarze dickflüssige Gebräu rinnt aufs Angenehmste die Kehle hinunter. Hunger. Un panino rustico e ancora un doppio. Danach aufs WC. Nach dem Pinkeln zum Waschbecken. Bordello di merda! Die Kugel hat ihm einen Seitenscheitel gezogen. Einen blutigen. Jetzt ist klar, warum ihn die Leute alle so komisch ansehen. Kopf unter den Wasserstrahl. Brennt teuflisch. Cazzo! Gesicht waschen. Papierhandtücher. Vorsichtig abtupfen. Haare mit den Fingern zurechtzupfen. Wunde verdecken so gut es geht. Hinaus. In den S-Klasse-Benz. Starten. Gas geben. Weiter! Er braucht Desinfektions- und Verbandzeug. Arzt? Keine Option. Also Apotheke. Über die Grenze. Es wird dunkel. Tankanzeige befindet sich auf Reserve. Ausfahrt Villach-Warmbad. Zur nächsten Tankstelle. Tanken. Ganz gleich was die Luxuskarosse frisst, mit dem dicken Bündel Geldscheinen in der Tasche steht ihm die Welt offen. Navigationssystem einschalten. Apotheke mit Nachtdienst suchen. Hinfahren. Abrupt bremsen. Fahrverbot. Fußgängerzone. Maledetta Austria! Weiterfahren. Navi einschalten. Zurück auf die A2. Herumtippen. Nächste Apotheke mit Nachtdienst: Obelisk Apotheke Klagenfurt. Wunde brennt wie nach einem Napalmangriff in Vietnam. Wieso ihm das einfällt? Hat er als Kind mitbekommen. Damals in Venedig. In Rai Uno. So hatte er Italienisch gelernt. Mit der Mama sprach er Deutsch und manchmal Wienerisch, mit dem Vater Italienisch und venezianischen Dialekt. Dahinrasen auf der Autobahn. Geistesblitz. Handy ... Spotify ... Bruce Springsteen dröhnt aus den Audioboxen.

I'm on fire ...

Ausfahrt Klagenfurt-Wörthersee. Immer dem Navi nach. Endlich. Die Apotheke. Im Halteverbot parken. Anläuten. Warten. Luke wird aufgemacht.

„Ja bitte?"

„Bisogno … äh … ich brauch dringend etwas zum Desinfizieren und einen Verband."

„Was genau?"

„Ich habe eine Kopfwunde …"

„Soll ich die Rettung rufen?"

„No! Per favore! Ho bisogno di un … Ich brauche Verband und was zum Desinfizieren."

„Sind Sie Italiener?"

„Si. Alora! Aiuta me!"

„Gut … gut …"

Warten. Warten. Warten.

„Also, da hab ich einen Spray zum Desinfizieren der Wunde … und einen Wundverband sowie ein Haarnetz, das Sie sich über den Kopf ziehen, damit der Wundverband hält. Haben Sie mich verstanden?"

„Naturalmente. Meine Mutter war Wienerin."

Zurück im Auto. Desinfektionsspray auf die Wunde. Santa Maria! Mullverband drauf. Haarnetz langsam rüberziehen. Gaaaanz langsam. Blick in den Rückspiel. Fuck! Seh aus … come un matto. Auto starten. Wegfahren. Weg! Hinaus aus der Stadt. Bei der Auffahrt Klagenfurt-Ost auf die Autobahn. Cazzo! Fast die falsche Richtung genommen. Ohrstöpsel rein und Bruce Springsteen … My Home Town … hämmerndes Blut … Wahnsinnsschmerz. Die Fahrstreifen verschwimmen … leichtes Schleudern … No Surrender … Navi einschalten. Eintippen. Vertippen. Scheiß Navi. Fenster runter. Kalte Nachtluft. Neuerlicher Naviversuch. Ho bisogno un analgesico. Tacho auf über 200 … Dancing in the Dark … Navi spuckt Adresse aus. Apotheke in einem Einkaufszentrum in Wolfsberg. Schmerzmittel! Schmerzmittel! Schmerzmittel! Vado in fiamee …

I'm on fire …

*

Er liegt schlafend auf dem Liegesitz seines S-Klasse-Benz.
Una bella donna beugt sich über ihn. Wogende Brüste. Zärtliche
Hände an seinem Hals. Ihr Kopf nähert sich seinem. Mit rau-
chigem Timbre flüstert sie ihm ins Ohr:
„Stronzo … faccia da culo …"
Plötzlich drücken ihre Hände zu.

Er schreckt aus dem Schlaf hoch. Vor sich eine bärtige Gangs-
tervisage. Luft! Luft! Luft! Er schlägt um sich. Die Hände des
Gegners an seiner Gurgel. Wie ein Schraubstock. Er reißt ein
Knie hoch. Der Griff lockert sich. Faustschlag in die Pelzpappe.
Endlich Luft! Beine anziehen. Den Gegner treten. Immer und
immer wieder. Ein Messer blitzt auf. Tritt gegen das Messer.
Gorillagesicht gegen die Windschutzscheibe treten. Pafff!
Airbag explodiert. Vom Liegesitz auf die Rückbank rollen.
Rückwärtige Tür aufreißen. Sich auf die Straße fallen lassen.
Der Schädel dröhnt. Merda! Taumelnd aufstehen und losren-
nen. Ins nächste Geschäft. Das Gorillagesicht hinter ihm. Ei-
nen Ständer umreißen. Verfolger stolpert. Fällt. Tritt in die
Fresse. Einen weiteren in den Magen. Hinaus. An einer Bank-
filiale vorbei. Nach links hinter das Einkaufszentrum. Eine
Absperrung. Durchschlüpfen. Ein Weg am Fluss. Rennen. Kurz
umblicken. Weiterrennen. Avanti! Avanti! Rauf auf eine breite
Brücke. Strada statale mit Gehweg. Über den Fluss. Und geradeaus weiter. Umblicken. Autos. Autos. Autos. Ein Bahnüber-
gang. Es blinkt rot. Ansetzen zum Spurt. Unter dem nieder-
gehenden Schranken durch. Kurz umblicken. Kein Auto hinter
ihm. Erleichterung. Hinweisschilder. Großes blaues H und
dazu die Buchstaben LKH. Was ist LKH? Landeskranken-
haus? Die Kopfwunde dort versorgen lassen? Gute Idee. Nach
rechts abbiegen. Weiterrennen. Un cimiterio auf der anderen
Straßenseite. Bei einer Kreuzung die Straße überqueren. Un

parcheggio mit vielen Autos. Seitenstechen. Umblicken. Langsamer werden. Schritttempo. Zwischen den parkenden Autos entlangschlendern. Ständig umblicken. Kein Verfolger weit und breit. Ob in einem der Autos der Schlüssel im Zündschloss steckt? Wäre ein verdammtes Glück. Die Autoreihe entlang. Niente. Alle Autos ordentlich geparkt und abgeschlossen. Sono in Austria. Keiner lässt hier die Autoschlüssel im Schloss stecken. Ende des Parkplatzes. Am Ende der Straße hohes Gebäude. Das LKH. Immer wieder umsehen. Das Gefühl verfolgt zu werden schwindet. Aufatmen. In die Ambulanz gehen, Kopfwunde verbinden und Schmerzmittel verschreiben lassen. Auf der anderen Seite der Straße steht ein Lieferwagen. Ein Mann verstaut Kisten in dem Fahrzeug. Plötzlich heult ein Motor auf. Bremsen quietschen. Ein schwarzer Van versperrt ihm den Weg. Aus dem Van springt der Gorilla von vorhin. Hämmert die Faust in Richtung seines Gesichts. Ducken. Faust kracht in Hauswand. Pulsrasen. Tritt in den Unterleib des Gorillas. Gegenüber steigt der Mann in den Lieferwagen. Startet und rollt los. Lossprinten, Beifahrertür aufreißen, hineinspringen. Fahrer macht große Augen, Lieferwagen rollt weiter.

„Avanti! Avanti!"

„Wous? Wieso …"

„Fahr weiter! Schneller Mann! Andiamo!"

Lieferwagen beschleunigt.

Blut hämmert in seinem Schädel. Das Gorillagesicht und der Van werden im Rückspiegel kleiner. Madonna mia!

„Wous bist denn du für aner?"

Rasende Kopfschmerzen. Verschnaufen. Keine Antwort.

„Wous woar denn des? A Überfoi?"

Der Fahrer des Lieferwagens blinzelt ihn misstrauisch an.

„Das war ein Arschloch, das hinter mir her ist …"

„Host wous aung'stöllt?"

Augen schließen und überlegen. Soll er dem Kerl die Wahrheit erzählen? Er schüttelt den Kopf und murmelt:

„Autounfall … Kopfverletzung … Wollte zur Kontrolle ins Krankenhaus …"

„Und wer woar der Waunsinnige, der dir ane einehaun woit?"

„Das war der, dem ich reingefahren bin, beim Unfall …"

„Wous?"

„Ein Verrückter …"

Schweigen. Der Lieferwagen nimmt die Auffahrt zur A1 in Richtung Graz.

„Wo fahren wir denn hin?"

„Wir? I fahr nach Krems …"

„Krems? Was, Krems an der Donau?"

„Krems is a Ortsteil von Voitsberg, und dann fahr i weiter nach Hausmannstätten."

„Lieferst du was aus?

„Jo, Kaffee. Bist a Blitzgneißer, gö?"

*

„Heast, woch auf!"

„Che cosa?"

„Wous host g'sagt?"

„Che cosa? Was ist los?"

„G'schnoacht host. Die gaunze Foahrt. Mir san do. Jetzt muasst aussteigen."

„Wo? Wo sind wir?"

„In Hausmannstätten."

„Was machen wir da?"

„Mei letzte Lieferung. Des woar's. I bin miad. I woar jo heit in der Fruah scho unten in Leibnitz, bevor i auffe nach Wolfsberg g'foahrn bin. Jetzt geht's ham."

„Wohin?"

„Unterpremstätten."

„Ich muss nach Wien …"

„Soll i di auf di Autobahnstation bring? Do kannst autostoppn."

„Si. Per favore …"

„Du redst dauernd Italienisch und Deitsch. Wous bist du eigentlich für ana?"

„Ich hab eine Wiener Mutter und einen italienischen Vater."

„A Mischkulanz souzusogn …"

Aussteigen bei der Tankstelle der Autobahnstation, ein gemurmeltes „Grazie" und „Ciao". Schlaftrunken in den Shop wanken. Ein doppelter Espresso und eine Leberkäsesemmel wirken Wunder. Lebensgeister kehren zurück. Leberkäse … eine Kindheitserinnerung. Wunderbar! Wunderbar ist auch das WC der Tankstelle. Sauber, blitzsauber. Hände und Gesicht waschen. Die Kopfwunde brennt höllisch. Blut pocht. Porca miseria! Möglichst rasch nach Wien. Zu den Verwandten. Und zu einem Arzt. Eine Leberkäsesemmel und einen Espresso später kommt ein LKW-Fahrer ins Bistro. Bestellt einen Coffee to go. Lässt sich eine Wurstsemmel einpacken. Hingehen, räuspern, fragen:

„Ich muss nach Wien. Kann ich mitfahren?"

Skeptischer Blick. Kopfverband. Nicht sehr vertrauenserweckend.

„Ich bin auf den Kopf gefallen …"

Der skeptische Blick weicht einem breiten Grinser und der lakonischen Antwort:

„Dass das einmal einer zugibt …"

„Kann ich mitfahren?"

Schulterzucken. Noch immer leichtes Grinsen. Schließlich Nicken.

„Von mir aus … Aber nur bis Wiener Neudorf. Dort muss ich abladen."

„Wiener Neudorf?

„Industriezentrum Niederösterreich Süd. Weißt eh …"

Raus aus dem Tankstellenshop.

Schwere Tropfen klatschen auf den Asphalt.

„Komm, zah an! Es wird gleich schütten."

Zu einem Volvo-Truck rennen, auf der Beifahrerseite ins Führerhaus klettern. Tür zu. Erleichterung. Motor startet. Wütende Regenfluten trommeln aufs Führerhausdach und auf die Windschutzscheibe. Scheibenwischer beginnen im monotonen Rhythmus ihre Bahnen zu ziehen. Beruhigendes Geräusch. Beschissene Sicht. Truck rollt hinaus auf die Autobahn. Wasserfontänen. Grau in Grau. Nebelschlussleuchten wie rote Glühwürmchen. Motor brummt gleichmäßig. Es riecht nach Espresso und Wurst. Ins Eck kuscheln und einnicken. Alles schwarz.

Irgendwann langsames Aufwachen. Wo bin ich? Augen öffnen. Scheibenwischer fegen rhythmisch über die Windschutzscheibe. Draußen Nacht. Autobahn. Ausfahrtsschild: Klagenfurt-Wörthersee.

Hellwach. Panik.

„Wo fährst du hin?"

Keine Reaktion des Truckers. Dafür Geräusche in der Schlafkoje des Trucks. Rasche Bewegung hinter ihm. Etwas Kaltes um den Hals. Drahtschlinge wird zugezogen. Würgen. Röcheln. Plötzlich das Gorillagesicht schräg neben ihm. Stinkender Atem. Verzweifeltes Aufbäumen. Umdrehen. Faustschlag in die Gorillafresse. Schlinge lockert sich. Losreißen. Trucker fährt weiter. Haarige Gorillapranken schnappen Drahtschlinge, ziehen erneut zu. Hassverzerrtes Gorillagesicht. Schlinge immer enger. Nach Luft ringen. Wild um sich schlagen.

„Hey! Hör sofort auf! Bist narrisch?"

Aufwachen. An der eigenen Spucke verschlucken. Hustenanfall. Griff zum Hals. Keine Schlinge. Nichts.

„Was ist denn los? Du schlagst wie a Narrischer um di."

„Mi scusi, ho fatto un incubo."

Misstrauischer Blick des Truckers.

„Was sagst?"

„T'schuldigung, hab vergessen, dass ich in Österreich bin. Ich lebe normalerweise in Italien."

„Und was willst in Wien?"

„Meinen Onkel Ferry und die Tante Mizzi besuchen. Hab gerade einen grauenhaften Albtraum gehabt."

„Hast Fieber?"

„Weiß nicht … forse …"

Tasche neben dem Fahrersitz. Trucker holt einen Blister mit Tabletten heraus.

„Da, nimm zwei. Die sind gegen Fieber und Schmerzen."

Er nimmt den Blister. Drückt zwei Tabletten heraus. Ab in den Mund. Runterschlucken. Würgen. Schlucken. Unten.

„Grazie. Danke."

Truck wird langsamer. Abfahren von der Autobahn.

„Wo sind wir?"

„Wiener Neudorf, Industriegebiet Niederösterreich-Süd. Wo willst aussteigen?"

„Keine Ahnung."

„Gleich ums Eck, wo ich ablade, ist ein Hotel. Da setz ich dich ab."

Warten bei einer roten Ampel. Besorgter Blick vom Trucker, der dann sagt:

„Geh ins Hotel. Eine Apotheke ist auch in dem Gebäude. Heut hat's sicher schon zu. Morgen kannst dich dort eindecken mit allem, was d' brauchst."

*

Una bella donna … Fesche Haxn, würde Onkel Ferry sagen. Wenn nur nicht der Schädel so dröhnen würde. Der Verband muss gewechselt werden. In Wien. Bei Onkel und Tante. Außer ihm und der bella donna waren noch zwei Geschäftsleute und eine weibliche Servicekraft im sonst leeren Frühstücksraum.

Vor zum Kaffeeautomaten. Alles verschwimmt. Schwarz. Filmriss.

Dunkles Haar wogt über ihm.

Che bella donna!

Weiche, kühle Hände umfassen sein Genick. Wo bin ich? Über ihm besorgte Gesichter.

„Sollen wir einen Arzt rufen?"

„Arzt? Warum?"

Aus dem Liegen aufrichten. Zwei Hände packen zu und helfen beim Aufstehen. Wanken. Alles dreht sich.

„No dottore. Es geht schon. Bin nur etwas schwach."

Niedersetzen und stammeln:

„Bisogno un caffè …"

La bella donna nickt, nimmt eine Schale und lässt Kaffee herunter. Sie reicht ihm die Schale mit Espresso. Großer Schluck. Es schüttelt ihn. Das nennen die Österreicher hier Kaffee? Im Kopf lichtet sich der Nebel. Der Mann, der ihm aufgeholfen hat, klopft ihm auf die Schulter und geht. Der andere ist verschwunden. Besorgtes Gesicht der bella donna. So sieht sie noch schöner aus. Hunger wie ein Wolf. Großes Tablett mit Aufschnitt. Korb mit Panini. Silberne Butterpäckchen. Gierig zugreifen. Kornspitz. Wurst. Käse. Schmeckt nach nichts. Gummikonsistenz. Non importa. Reinstopfen. La bella donna bringt noch einen Kaffee. Hinunter damit. Es schüttelt ihn neuerlich. Sie nickt.

„Der Kaffee hier ist grenzwertig …"

„È vero …"

„Sind Sie Italiener?"

„Venezianer. Und zur Hälfte Wiener …"

„Brauchen Sie Hilfe?"

„Mein Auto wurde gestohlen. Können Sie mich mitnehmen?"

„Ich muss nach Eisenstadt."

„Okay."

„Aber …"

„Ich kann von dort den Zug nehmen."

Ihre sorgsam gezupften Augenbrauen ziehen sich nachdenklich zusammen. Stirnrunzeln. Dann nickt sie. Runterstürzen des restlichen Kaffees. Vorsichtig aufstehen.

„Kommen Sie!"

Raus auf den Parkplatz. Hin zu einem roten Alfa Romeo Giulia.

„O … la bella macchina della bella donna …"

Fragender Blick.

„Scusi … War ein Kompliment …"

Anlassen des Motors. Sanftes Schnurren. Hinausfahren zum Autobahnzubringer. Autobahn.

„Was wollen Sie in Wien?"

„Onkel und Tante besuchen."

Spöttischer Blick. Verlegenes Schweigen. Dann ein Erklärungsversuch:

„Bin in Venedig in eine üble Sache geraten. Wurde angeschossen. Deshalb hab ich Reißaus genommen … man sagt doch Reißaus?"

Sie nickt.

„In Wien habe ich Verwandte. Werde dort untertauchen."

„Klingt gefährlich."

„Bin Privatdetektiv …"

„Ah …"

„Darf ich fragen, was Sie machen?"

„Pharmavertreterin. Betreue Apotheken."

„Sind Sie aus Wien?

„Aus Melk."

„Was haben Sie in Wiener Neudorf gemacht?"

„Verkaufstour zu diversen Apotheken. Gestern in Altenmarkt, am späten Nachmittag die Apotheke in Wiener Neudorf. Anschließend im Hotel nebenan übernachtet. Jetzt geht's nach Eisenstadt."

„Dann nach Melk?"

Kurzes Auflachen. Kopfschütteln.

„Nein. Ich hab noch Termine in Wien. Erst dann geht's heim."

Plötzlich Flimmern vor den Augen. Schwindel. Schwere Augenlider. Alles schwarz.

*

„Aufwachen! Wir sind da."
 Blinzeln. Neonlicht. Tiefgarage.
 „Wo? Wo sind wir?"
 „Eisenstadt. Endstation."
 Glieder strecken. Kopfschütteln. Schmerzen. Stammeln:
„Eine Bitte … darf ich mit nach Wien fahren?"
 Kurzes Nachdenken.
 „Okay. Aber ich brauche einige Zeit."
 „Ich hab keine Eile."
 „Na gut. Warten Sie auf mich im Schlosscafé."

Das Café ist angenehm. Vor allem wird hier Espresso gemacht, der auch für einen Italiener trinkbar ist. Erleichterung. Schädelbrummen. Aber sonst geht es einigermaßen. Später im Alfa Romeo in der Parkgarage des Schlosses Estzerházy kramt la bella donna aus der Handtasche ein Verbandspäckchen und Baneocinpuder.
 „Der Verband muss runter."
 Kühle Hände nehmen ihn ab. Aua! Wunde und Verband kleben. Kopf schiefhalten. Baneocinpuder auf die nässende Wunde stäuben. Neuer Verband.
 „Grazie mille."
 „Keine Ursache."
 Die Fahrt nach Wien dauert eine Stunde. Knappe Verabschiedung. Er drückt la bella donna einen 200-Euro-Schein in die Hand und murmelt:
 „Das Fahrgeld …"
 Eilt davon.
 Endlich erreicht er das Wohnhaus der Verwandten. Die

Stiegen hinauf. Altwiener Miethaus ohne Lift. Cazzo! Schleppender Schritt. Stoßweise atmen. Anhalten am schmiedeeisernen Treppengeländer. Dann endlich die mit gedrechseltem Schnickschnack versehene Wohnungstür. Glänzendes Messingschild, auf dem „Plaschek" eingraviert ist. Durchschnaufen. Luft holen. Mit zitterndem Finger anläuten. Altmodisches Klingelgeräusch. Ein Radio dröhnt aus der Nachbarwohnung. Schritte nähern sich. Tür wird geöffnet. Zusammenzucken. Vor ihm der höhnisch grinsende Gorilla. In der Hand eine Beretta. Dahinter in der Wohnung gefesselt Onkel Ferry. Faustschlag in die bärtige Gorillavisage. Ein Schuss. Brennender Schmerz in der Hüfte. Zeige- und Mittelfinger der Rechten schießen vor. In die Augen seines Gegenübers. Markerschütternder Schrei. Gorilla geht in die Knie. Reibt sich die Augen. Im Hintergrund schreit Onkel Ferry:

„Uiii! Das brennt!"

Und im Radio röhrt Bruce Springsteen.

I'm on fire …

Glossar

abpaschen	weglaufen
Bahöö	Wirbel, Krach
Beidl	männliches Genital
Beisl	Wirtshaus
Bemmerl	kleines, kugelförmiges Stück Tierkot
birnen	schlagen
blad	dick
blunznfett	stockbesoffen
Böck	Schuhe
brennen	zahlen
budern	Geschlechtsverkehr haben
damisch	verwirrt
deppert	blöd
die Wadeln virerichten	jemanden zur Räson bringen
einereibn	jemandem etwas Unangenehmes sagen
Erdäpfel	Kartoffeln
Fallot	Halunke
Fleischlaberl	Frikadelle
Fotzn	Ohrfeige
Fratschlerin	Marktstandlerin
Galerie	Unterwelt
Gatsch	Matsch
Gewurl	Gedränge
gfladert	gestohlen
Gfrast	Schimpfwort (wie Arschloch)
Gschmierte	Polizei
Gfrieß	Gesicht
gstessn	gestohlen
Goschn	Mundwerk
hackln	arbeiten

Häfn	Gefängnis
kan Heller	keinen Cent
herumstirln	herumstochern
Hundstuttln	Hundebrüste
Kieberei	Polizei
Klebeln	Finger
Klumpert	wertloses Zeug
Kluppensack	Sack mit Wäscheklammern
Krampn	Frau (abwertend)
Krügel	großes, offenes Bier
Lavoir	Waschschüssel
leiwand	super, nice
Marie	Geld
Maschekseite	Rückseite
Mensch	Mädchen
owe	hinunter
papierln	jemanden verkackeiern
päulisieren	weglaufen
pflanzen	jemanden zum Narren halten
plärrn	weinen/laut schreien
pumpern	laut klopfen
Paradeiser	Tomate
Pratzn	große Hände
rearn	weinen
Russe	marinierter Hering, Kronsild
schachern	handeln
Schastrommel	von Darmwinden geplagte alte Dame
scheppern	zittern
schiach	hässlich
Schläuch	Füße
Schnorrer	Einer, der auf Kosten anderer lebt
schraufen	verschwinden

schwarteln	verprügeln
speiben	kotzen
Strizzi	Zuhälter
Stuss	Unsinn
Tanz	Mätzchen
Trumm	großes Stück
Tschecherl	kleines mieses Lokal
Tuttln	vulgär für weibliche Brüste („Titten")
umadum	herum
Wappler	unfähiger Depp
Watsche	Ohrfeige
zniachtig	schmächtig